恋愛レベル0《ゼロ》の令嬢なのに、キスを求められて詰んでます

高見　雛

B's-LOG BUNKO

ビーズログ文庫

イラスト／凪かすみ

Contents

Renai level 0 no reijou nanoni,
kiss wo motomerarete tsundemasu

Character
Renai level 0 no reijou nanoni, kiss wo motomerarete tsundemasu
セレスト
クレシア王国の王太子。
普段は社交的だが、
ドリスにはうまく接することが
できなくて……？
ドリス
ノルマン伯爵家の
引きこもり令嬢。
幼い頃にセレストを庇い、
リプリィから魔力凍結の
呪いをかけられてしまう。
恋愛レベル0《ゼロ》の令嬢なのに、キスを求められて詰んでます

パーシバル

セレストの側近であり親友。
ユーフェミアの婚約者。
面倒見がいい。

ユーフェミア

クレシア王国第一王女。
その美貌から
「クレシアの真珠」と称えられている。

リプリィ

国の組織に属さない野良の魔女。
年齢不詳。王族に恨みがある。

ロベリア

カーライル公爵家の一人娘。
セレストの婚約者候補。

ジャレッド

宮廷魔法師団長。
国一番の魔法使い。

メリンダ

魔法師団の団員。
侍女に扮して
ドリスの世話係をしている。

プロローグ　呪われ令嬢のはじまり

その日は雲ひとつない青空が広がり、土の匂《にお》いを含《ふく》んだ春の風が庭園の木々を優《やさ》しく揺《ゆ》らしていた。

「セレストさま。おはなしってなあに？」

つややかな長い黒髪《くろかみ》に、ぱっちりとした藍色《あいいろ》の瞳《ひとみ》が愛らしい女の子。名前はドリス。地方の領地を治める伯爵《はくしゃく》家の一人娘《ひとりむすめ》である。

「ええと……」

ドリスと向き合って頬《ほお》をバラのように赤く染めている男の子は、ここクレシア王国の王太子セレスト。光に透《す》けるような蜂蜜《はちみつ》色の髪《かみ》と、晴れた空を映したような水色の瞳が可愛《かわい》らしい。

「へんなセレストさま。お顔がまっかよ」

王宮の大人たちがそばにいたなら、言葉遣《ことばづか》いや態度をあらためるようにとドリスを叱《しか》っていただろう。

けれど、セレストにとっては屈託《くったく》なく接してくれる距離《きょり》感が心地《ここち》よかった。

ほかの貴族の子どもたちは計算しているのか萎縮《いしゅく》しているのか、皆《みな》が媚《こ》びへつらって近寄ってくる。その中で、ドリスの存在がセレストの目には新鮮《しんせん》に映った。

初めてドリスと対面した時の印象は、けっして良《い》いものではなかった。

それはセレストの八歳の誕生日を祝うパーティーの時。父伯爵に連れられて、形式にのっとった挨拶《あいさつ》を済ませるとドリスは背を向けて走り去ろうとした。ほかの令息や令嬢《れいじょう》たちなら、親から教えられたご機嫌《きげん》取りの口上を並べるのに、ドリスはそれをしなかった。

「おい、待てよ。ほかに言うことはないのか？」

思わず引きとめるセレストに、ドリスはきょとんと目を見開いた。

「ごあいさつはもう済んだでしょう？　わたし、むこうのお庭を探検したいの」

ずいぶんと失礼な子どもだ。親の教育はどうなっているのか。セレストは自分も八歳の子どもでありながら、内心で呆《あき》れた。

「お前一人じゃ迷子になるぞ。王宮の庭園はすごく広いんだ。クレシア王国じゅうの花や、異国から取り寄せためずらしい花もたくさんあるぞ。特別に、俺が案内してやるよ」

胸を張って自慢《じまん》げに言うと、ドリスは藍色のつぶらな瞳をぱちぱちと瞬《また》かせた。

「王宮のお庭は王様のものだし、お花のおせわをするのは庭師さんでしょう？　自分でそだてたわけじゃないのに、どうしてあなたがいばるの？　おかしいわ」

「な……っ」

年下の女の子に言い負かされて、セレストは次の言葉を失った。

父伯爵の叱責《しっせき》を振《ふ》り切《き》ってドリスは走り去った。彼女を追いかけてセレストも庭園へ向かうと、ドリスは生い茂る低木の前に突然しゃがみ込んだ。

「かわいい……」

セレストが背後から覗《のぞ》き込むと、真っ白な蛇《へび》が地面を這《は》っていた。ドリスは目をきらきらと輝《かがや》かせて、蛇の動きをじっと観察していた。

（変なやつ）

物珍《ものめずら》しさとともに、八歳の少年の胸に生まれて初めての恋心《こいごころ》が芽生えた。

そして三か月後の今日、王宮の庭園の奥――大人たちには内緒《ないしょ》の、自分たちの遊び場にドリスを呼び出した。

後ろ手に隠《かく》しているバラの花束は、ドリスの好きな淡《あわ》いピンク色でまとめており、棘《とげ》はすべて丁寧《ていねい》に取り除いてある。

「ドリス。あのさ……」

セレストが意を決して花束を差し出そうとした、その時だった。

「見ーつーけーたー！」

女の人の声がした。

腰《こし》まで波打つ豊かな黒髪、吊《つ》り目がちの瞳も黒。その身を包むワンピースも、つま先の尖《とが》った靴《くつ》も、ユリの花のようにたおやかな指先を飾《かざ》る爪《つめ》も漆黒《しっこく》。世界じゅうの夜を凝縮《ぎょうしゅく》させたような、不気味な存在感を持つ女性が二人の目の前に姿を現した。

セレストは咄嗟《とっさ》にドリスを背中にかばった。

「何者だ？」

幼いながらも凛《りん》とした態度で問う。

王宮の敷地《しきち》には不審《ふしん》者を寄せつけないための結界が張りめぐらされているはずなのだが、結界が破られた気配は感じられなかった。

「通りすがりの〈野良《のら》〉さ」

エメラルド色の酒瓶《さかびん》を大事そうに胸に抱《かか》えながら、黒髪の魔女《まじょ》は見えない椅子《いす》に腰かけるように空中でゆったりと脚《あし》を組《く》み替《か》えた。頬と目元がほんのりと赤く染まっている。

「〈野良〉……？」

国が管理する魔法使《まほうつか》いの組織に所属せず、好き勝手に生きるはぐれ者の魔法使いが〈野良〉と呼ばれる。

「あのひと、おさけくさい」

セレストの背後で、ドリスは眉《まゆ》をひそめた。

「新しい呪《のろ》いを開発して、気分がいいんだ。やはり私は天才のようだ」

「誰《だれ》の許可を得てここにいる？　投獄《とうごく》されたいのか？」

毅然《きぜん》と立ち向かうセレストに、魔女は不気味な微笑《ほほえ》みを向けた。

「ああ、やはり私の期待通りだ。何年、何十年経《た》っても、王族の連中は小憎《こにく》たらしい！　痛めつけ甲斐《がい》があるというものだ」

「あんた、何を言って……？」

「二度と生意気な口が叩《たた》けないようにしてやろう。現代の王太子よ」

ふわりと、蝶《ちょう》の翅《はね》のように黒髪をなびかせて、魔女はセレストの前に降り立った。

「セレストさま！」

黒髪の魔女がセレストの眼前に手をかざすのと、ドリスがセレストの腕《うで》を力いっぱい引くのと、ほとんど同時だった。

瞬間《しゅんかん》、強い風が吹《ふ》き、白銀の閃光《せんこう》がほとばしった。

「ドリス⁉」

地面に倒《たお》れ込んだセレストの手から花束がこぼれ落ち、風にさらわれた。

明滅《めいめつ》する視界の中、セレストは両手をさまよわせてドリスを探した。

「あー、目がチカチカする。まあ、開発途中《とちゅう》の呪いなんてこんなものだろう」

離《はな》れたところで、魔女のひとりごちる声が聞こえた。

視界が徐々《じょじょ》に戻《もど》ってくる中、庭園の植物が風に揺れる気配がした。

「我が名はリプリィ。魔力凍結《まりょくとうけつ》の呪いの餌食《えじき》になったことを光栄に思うがいい」

「呪い……!?」

「お前の魔力と心を封《ふう》じ込める呪いだよ。王太子」

ふふっ、と笑う魔女の声がひどく不快で、セレストの背筋に悪寒《おかん》が走った。

「せいぜい、無様な姿をさらして生きるがいいさ。ではな」

「待て！」

セレストの目に庭園の景色が戻った時には、魔女の姿は忽然《こつぜん》と消《き》え失《う》せていた。

あたりは何事もなかったかのように緑が風に揺れ、頭上では小鳥がさえずっている。

(俺は、呪われたのか……?)

セレストは、視線をめぐらせてドリスの姿を探した。

離れたところで、茫然《ぼうぜん》と地面に座り込むドリスの姿を見つけ、ほっと胸をなで下ろした。

「ドリス！　大丈夫《だいじょうぶ》か？　どこも怪我《けが》していないか？」

「だいじょうぶ。セレストさまは？」

「俺は平気だ」

無事を確認《かくにん》する二人のそばに、淡いピンク色の花束が落ちていた。魔女に踏《ふ》まれたのか、バラの花はつぶれてしまっていた。

「セレストさまのお花が……」

ドリスは目に涙《なみだ》を浮《う》かべ、つぶれた花束に手を伸《の》ばした。

「わたしが、もとにもどしてあげるね」

花束にそっと声をかけ、ドリスは小さな両手で魔力を注ぎ込もうとした。

「……あれ？」

不思議そうに首をかしげながら、ドリスはふたたび花に魔力をこめようとした。

蛍《ほたる》のように淡い光がドリスの手を包み、花たちに魔力が注ぎ込まれる……はずだった。

「ドリス？」

「セレストさま……わたし、どうしたのかな？」

藍色の瞳を不安げに揺らすドリスの姿に、セレストはさっと青ざめた。

リプリィと名乗った魔女は、セレストに呪いをかけたと言った。

しかし、実際に呪いをその身に受けたのはドリスだった。

第1章　ひきこもり令嬢、王宮へ行く

王子様のキスで、お姫《ひめ》様は眠《ねむ》りの魔法《まほう》から解き放たれました。

二人は結婚《けっこん》し、末永く幸せに暮らしました。

めでたし、めでたし。


（こんなもので呪《のろ》いが解けるのなら、苦労はしないわ）

ぱたん、と読み終えた本を閉じると、ドリスは小さくため息をついた。

燭台《しょくだい》の灯《あか》りが、ほっそりとした青白い顔と闇《やみ》色の長い髪《かみ》を浮《う》かび上《あ》がらせる。

閉めきったカーテンの隙間《すきま》からは、銀糸のような陽光が一筋射《さ》し込んでいる。

ドリスは、蔓草《つるくさ》とバラの模様がほどこされた美しい装丁《そうてい》の本を手に取り、壁際《かべぎわ》の本棚《ほんだな》へ歩み寄った。整然と並べられている書物は、呪術《じゅじゅつ》に関連するものがほとんどである。

子ども向けのおとぎ話の本を、魔術《まじゅつ》書の隙間へと隠《かく》すように差し込む。

（そうだわ。朝のご挨拶《あいさつ》をしなくては）

レースとフリルをあしらった漆黒《しっこく》のワンピースの裾《すそ》をととのえ、壁に飾《かざ》られている肖《しょう》像画《ぞうが》の前に立った。

「おはようございます、ユーフェミア王女殿下《でんか》」

胸の前で手を組むドリスの視線の先で、豊かに波打つ金髪《きんぱつ》と明るい空色の瞳《ひとみ》をした美しい少女が麗《うるわ》しい笑《え》みを浮かべている。

クレシア王国第一王女ユーフェミア。ドリスと同じ十六歳で、その美貌《びぼう》から「クレシアの真珠《しんじゅ》」と国民から称《たた》えられている。

王宮で初めてその姿を見た時、お人形が動いてしゃべっているかと錯覚した。

完璧な美貌、見る者を虜《とりこ》にする愛らしい笑顔、幼いながら洗練された振《ふ》る舞《ま》い。

ドリスの人生で初めて「推《お》し」ができた瞬間《しゅんかん》だった。

最後にユーフェミア王女と会ってから、もう十年。直接会えない代わりに、この肖像画を眺《なが》めて癒《いや》しをもらっている。

（ああ……今日もお可愛《かわい》らしい）

今日も一日、ユーフェミア王女が健《すこ》やかに過ごせますようにと祈《いの》りを捧《ささ》げる。

次にドリスは左へ一歩移動し、隣《となり》に飾られている肖像画をうっとりと見上げた。

（一年前……十五歳のユーフェミア様。ほんの少しあどけない面差《おもざ》しがたまらなく愛らしいわ……）

そのまた隣には十四歳の、さらに隣には十三歳のユーフェミア王女……と、ドリスが出《で》逢《あ》った六歳の頃から十年分の肖像画が横一列に飾られている。現在から過去まで、一通り肖像画を眺めて心を潤《うるお》すのがドリスの毎朝の日課（推し活）である。

「うっ……、六歳のユーフェミア様……なんて罪深い可愛さなのかしら。この真っ白でなめらかなほっぺなんて、発酵《はっこう》したパン生地《きじ》のようにきめ細かくて……さ、触《さわ》りたい」

ドリスの頬《ほお》が赤く染まり、呼吸がやや荒《あら》いものになったその時、ドリスの背後で真っ赤なバラの花がどこからともなく現れ、花びらがひらひらと舞い落ちた。

（あっ、いけない。つい興奮してしまったわ）

床《ゆか》に散らばった花を片づけようとした時、ノックとともに部屋の扉《とびら》が開かれた。

「ドリスお嬢様《じょうさま》、おはようございます！」

元気のいい声を響《ひび》かせて部屋の中へ入ってきたメイドは、床に這《は》いつくばってバラの花をかき集めるドリスの姿を見つけて眉《まゆ》をひそめた。

「お、おはよう……いい朝ね」

「お嬢様、またですか？」

年下の小柄《こがら》なメイドは呆《あき》れたように言いながら、小走りに窓際《まどぎわ》へ移動して紫色《むらさきいろ》の遮光《しゃこう》カーテンを開け放った。

うららかな日差しが室内をまばゆく照らすと、暗色系のインテリアと、蜘蛛《くも》や蠍《さそり》といった少々毒々しい刺繍《ししゅう》のタペストリーがあらわになる。

「ま、まぶしい……」

「お嬢様。そろそろ、この気味の悪いタペストリーを撤去《てっきょ》したらいかがです？　力作なのはわかるんですが、王女様の肖像画と並ぶとミスマッチが過ぎますよ」

「まあ」

ドリスは壁面《へきめん》に視線を走らせ、胸の前で両手を組んだ。

「伝わらないかしら？　ユーフェミア様の清らかさと、闇夜《やみよ》にはびこる毒蜘蛛《ぐも》の禍々《まがまが》しさのギャップがたまらなくそそるの。もちろん、ユーフェミア様には無垢《むく》で雪のような純白が一番お似合いよ。でもね、そこに敢《あ》えて黒バラの花冠《かかん》とか闇色のドレスとかヴェールをお召《め》しになっていただいて、血の色のルージュを引いたらもう完璧《かんぺき》……！　わかるかしら、この背徳感……」

不気味な笑みを浮かべて語り続けるドリスのかたわらで、メイドは小声で「聞かなきゃよかった」と後悔《こうかい》のため息をついた。

「はっ、そうだわ」

ドリスは、壁に設《しつら》えてあるカーテンを引いてユーフェミア王女の肖像画（十年分）を覆《おお》い隠した。「とあるルート」から入手した貴重な品物なのだ。日光を浴びて画材が劣化《れっか》してしまっては生きていけない。

肖像画を避難《ひなん》させたドリスは、先ほどまで読書をしていた丸テーブルのクロスをめくってその下に潜《もぐ》り込んだ。

（落ち着く……）

テーブルの下でほっと息をつくドリスをよそに、メイドは部屋の窓を押し開けた。

「ちゃんと空気を入《い》れ替《か》えないと、お召し物もご本もカビてしまいますからね」

緑の匂《にお》いを含《ふく》んだ春の風《ふ》が吹き込んでくる。

（あ……スイセンの香り）

透明《とうめい》感のある甘くて優《やさ》しい香りが、風に乗ってドリスの鼻先をくすぐった。

故郷のランカスタ村に住む両親の顔と、屋敷《やしき》の庭園を彩《いろど》る春先のスイセンの花畑が脳裏《のうり》に浮かんだ。

（お父様とお母様はお元気かしら）

クレシア王国北方の領地を治めるノルマン伯爵《はくしゃく》家の一人娘《ひとりむすめ》であるドリスは、理由《わけ》あって王都郊外《こうがい》にある別邸《べってい》にひっそりと隠れ住んでいる。

両親は頻繁《ひんぱん》に手紙をくれるし、年に一度は会いに来てくれるが、寂《さび》しい思いをさせてしまっているのが心苦しい。

「お嬢様。そろそろお支度《したく》をしないと」

「支度って、なんの？」

テーブルの下から這い出たドリスは小首をかしげた。すると、メイドの少女は呆れたように肩《かた》をすくめた。

「やっぱり忘れてましたね。今日は午後からお客様がお越《こ》しになる予定ですよ！」

「えっ、今日だったかしら？」

「なんの起伏《きふく》もない生活をしていると、日付感覚がなくなってしまうんですね……」

気の毒そうなまなざしを向けられて、ドリスは返す言葉もなかった。

（お客様ねえ……）

極力、人との交流を避《さ》けているドリスに会いに来る人物は限られている。

「今日はこちらにいたしましょう。王太子殿下をおもてなしするんですから、場が華《はな》やぐような明るい色がいいですよ！」

「…………」

用意された衣装《いしょう》の色とは裏腹に、ドリスの気持ちは一気に重くなった。

すると、朝の陽光に満たされていたはずの室内に黒煙《こくえん》のような靄《もや》がたちこめた。

「わわっ、なんですか⁉」

「あ……っ」

前が見えないほどの濁《にご》った色の靄は、瞬《またた》く間《ま》に部屋じゅうを覆いつくした。

ドリスは沈《しず》んだ心を浮上《ふじょう》させようと、自分の胸に手を当てて深呼吸をした。

（何か……楽しいことを考えるのよ。たとえば、ユーフェミア様のこととか）

そうするうちに、今度は窓の外から通りすがりのカラスが一羽《わ》、飛び込んできた。

「きゃあっ！」

靄の中で頭上をかすめたカラスに驚《おどろ》いて、ドリスは声をあげた。

次の瞬間、髪に挿《さ》していた黒真珠の飾りがパンッと音をたてて弾《はじ》け飛んだ。

「お嬢様、大丈夫《だいじょうぶ》ですか⁉　おおお、お怪我《けが》はっ？」

「大丈夫……」

黒い靄が晴れていく。

茫然《ぼうぜん》と床に座り込むドリスの上をカラスが三度旋回《せんかい》して、カァーと鳴きながら窓の外へと飛び去った。

「お嬢様ぁ……」

「いつもごめんね……」

涙目《なみだめ》でドレスを抱《かか》えるメイドに、ドリスは力なく言葉をかけることしかできなかった。

幼い頃に通りすがりの魔女《まじょ》からかけられた呪いのせいで、ドリスは感情がたかぶると周囲に物理的な影響を及《およ》ぼす体質になってしまった。

クレシア王国の王侯《おうこう》貴族は生まれながらに高い魔力《まりょく》を秘めているのだが、その魔力も封《ふう》じられている。呪いが不完全だったせいか、ドリスの魔力が高すぎたのか、ドリスの感情が大きく揺れると、まるで紙風船が破裂するかのように封じられた魔力が暴発してしまう。

感情を抑《おさ》え込み、他者との接触《せっしょく》を避けて暮らす中で、ドリスはいつしか人の寝静《ねしず》まる夜の時間を好むようになった。

闇夜に溶《と》け込むような黒い衣装に身を包み、日陰《ひかげ》の生きものを愛する日々。

それでも、ドリスの心を最も潤す存在は、太陽よりもまぶしいユーフェミア王女であることに変わりなかった。推す方向性が多少、斜《なな》め上ではあるけれど。


「まぶしい……」

淡《あわ》い黄色のドレスを身にまとい、長い黒髪《くろかみ》を可愛らしく編み込んでもらったドリスは、虚無《きょむ》の表情を浮かべて応接間で待機していた。

屋敷の内装はドリスの私室以外、ごく普通《ふつう》の淡色《たんしょく》系の壁紙《かべがみ》と調度品でそろえられている。ドリスの母の指示によるものである。

「今からでも仮病《けびょう》を使ってお断りできないかしら……？」

「往生際《おうじょうぎわ》が悪いですよ。毎月のことなんですから慣れてください」

小声でメイドから言い返され、ドリスはしゅんと肩を落とした。

やがて、執事《しつじ》の来客を告げる声が聞こえた。

ドリスは背筋を伸《の》ばしたまま立ち上がり、ぎこちない動作で扉の前へと進み出た。

重厚《じゅうこう》な扉が開かれ、現れた客人の姿にドリスは挨拶する前から疲労《ひろう》感を覚えた。

(ああ……今日も激烈不機嫌《げきれつふきげん》でいらっしゃるわ)

せっかくの麗しい顔が台無しである。口には出せないけれど。

「相変わらず景気の悪い面構《つらがま》えだな、ドリス」

氷の刃《やいば》を思わせる冷たく鋭《するど》い声の主は、にこりともせずに言い放った。

光に透《す》けるような蜂蜜《はちみつ》色の髪、長い睫《まつ》毛《げ》と二重まぶたに縁《ふち》どられた空色の瞳、なめらかなミルク色の頬に薄紅《うすべに》色の唇《くちびる》、均整のとれたしなやかな体軀《たいく》。まるで美術品のような、非の打ちどころのない美貌のせいで威圧《いあつ》感が半端《はんぱ》ない。

「よ、ようこそお越しくださいました……セレスト王太子殿下」

ドレスの裾をつまんで淑女《しゅくじょ》の礼をとると、「ふん」と一蹴《いっしゅう》された。

「心にもない歓迎《かんげい》の口上を述べるくらいには、元気そうだな」

(感じ悪い……っ。同じ顔でも、ユーフェミア様とは天と地の差だわ)

肖像画のユーフェミアは目にするだけで天にも昇《のぼ》る心地《ここち》になれるのに、兄のセレストはもれなく憎《にく》まれ口《ぐち》を叩《たた》くので、顔を合わせるのが憂鬱《ゆううつ》だった。

「殿下もお元気そうで、何よりです……」

顔を上げて精一杯《せいいっぱい》の笑顔《えがお》を作ろうとするが、うまくできずに口元がひきつってしまう。

「お前も、曲がりなりにも伯爵令嬢だ。家の名に恥《は》じないよう、もてなしてもらおうか」

（わたしが何をしたところで、喜ばないくせに……！）

呪いによる魔力の暴発を避けるため、ドリスが伯爵家の別邸に移り住んでから、王宮から定期的に経過観察をするための遣《つか》いが送られてきた。二年ほど経《た》って、実害がほとんどないと判断されてからは、「今回から俺が経過観察をしてやる」と、王太子であるセレストが毎月訪《おとず》れるようになった。

（わざわざ殿下が毎月来なくてもいいのに……王太子って意外とヒマなのかしら？）

数秒の間、無言で互《たが》いににらみ合っていると、セレストの背後からもう一人の客人がひょっこりと顔を覗《のぞ》かせた。

「セレスト、怖《こわ》い顔で威嚇《いかく》したらだめだよ」

肩の下まであるチョコレート色の髪を空色の紐《ひも》で結《ゆ》わえ、銀縁《ぎんぶち》眼鏡をかけた長身のととのった顔立ちをした青年。けぶるような新緑を思わせる若草色の瞳が優しく微笑《ほほえ》みかけてくる。

「ごめんね、ドリス。セレストは『顔色がよくないけど体調でも悪いのか？　ちゃんと食べてるか？』って言いたいんだよ。あと『今日のドレスよく似合ってる』って。人相と態度が悪すぎて伝わらないよね」

「おい、余計なことを言うな」

セレストは隣にいる青年を見上げて言った。

「ごきげんよう、パーシバル様。どうかお気になさらず。殿下の人相と態度と底意地が悪いのは、いつものことですから」

ドリスは少々の毒をこぼしつつ礼をとり、微笑み返した。

王妃《おうひ》の縁戚《えんせき》にあたるアンブラー侯爵《こうしゃく》家の嫡男《ちゃくなん》、パーシバル。セレストのお目付け役であり親友でもある彼とは、幼い頃からの顔見知りである。

「変わりはないかい、ドリス?」

「はい、おかげ様で。パーシバル様もお元気そうで何よりです」

話し相手がきわめて少ないドリスにとって、パーシバルは気心の知れた兄のような存在で、月に一度はこうして様子を見に王宮から足を運んでくれる。

(もれなく殿下もご一緒《いっしょ》だけど)

ドリスは、ちらりとセレストへ視線を向ける……と、今にも心臓を射抜《いぬ》かれそうなほどに鋭い視線とぶつかった。

「言いたいことがあるなら、はっきり言え」

「眉間《みけん》に皺《しわ》ばかり寄せていると、一気に老《ふ》けますよ」

売り言葉に買い言葉で、ドリスは反射的に言い返した。

幼い頃は仲良く遊んでいたセレストだったが、呪いの一件以来はお互いこの調子である。

恩を着せるつもりはないけれど、「助けれくれてありがとう」の一言もなく、一方的に憎まれ口を叩いてくるのはどうかと思うのだ。

「今日は、ドリスにお土産《みやげ》と報告があるんだ」

上品な花模様の布が張られたソファに腰《こし》を落ち着けると、パーシバルが口を開いた。

「ご報告……ですか？」

パーシバルはいつもドリスの喜びそうな土産を持参してくれる。先月は異国の香草の苗《なえ》、その前はアンティークの刺繍糸を贈《おく》られた。

「今回は、ちょっと趣向《しゅこう》が違《ちが》うんだよね」

パーシバルは小脇《こわき》に抱えていた包みをテーブルに置き、青色の布を丁寧《ていねい》にほどいた。

包みの中身は、水晶《すいしょう》を板状の楕円《だえん》形に切り出したものだった。大きさは、ドリスの両手にちょうど収まるほど。

パーシバルが水晶の表面に手をかざすと、一人の少女の姿が映し出された。

「こ……っ、このかた……えっ⁉　あのっ、パ、パーシバル様？」

豊かに波打つ蜂蜜色のやわらかそうな髪、澄《す》んだ空色のつぶらな瞳、バラのつぼみのようにふくらんだ可憐《かれん》な唇。雪のように白いドレスに華奢《きゃしゃ》な身を包んだその人は、この国で最も高貴な女性の一人。ドリスが一番あこがれている人物。

「ユーフェミア王女殿下……⁉」

ドリスは両手で口元を押さえながら、全身を震《ふる》わせた。

(可愛い……とんでもなく可愛い……。すごい、尊い……！)

自室に飾ってある肖像画とは毎日顔を合わせているが、この水晶のように鮮明《せんめい》に映し出された姿を目にするのは、実に十年ぶりである。

突然《とつぜん》のご褒美《ほうび》にどう反応したらいいかわからず、ドリスは緊張《きんちょう》した。

『ええと……パーシー様。これは、映っていますの？　もう話しかけてもよろしくて？』

「ひえっ、動いた！　しゃべった！」

十年ぶりに聞くユーフェミア王女の肉声は、流れる泉のように澄んだ音色をしていた。

『ごきげんよう、ドリス。十年ぶり……でしょうか？』

「は、はい！」

思わず返事をするドリスに、パーシバルは「これは記録映像の魔法だから、本人には聞こえてないよ」と笑いかけた。

『あなたが王宮へいらっしゃって、直接お話ができる日を心待ちにしておりますわ。道中、お気をつけてお越しくださいませね』

純白のスズランのように可憐な姫君《ひめぎみ》は、麗しい微笑みをたたえながらこちらへ手を振ってくれた。尊い。

やがて水晶からユーフェミア王女の姿は消え、ただの平たい水晶がその場に残された。

「喜んでもらえたかな?」

いそいそと水晶を布で包みながら、パーシバルがにこやかに問いかけた。セレストは眉間に皺を寄せ、無言で紅茶をすすっている。

「ありがとうございます……。まさか、生きている間に動いているユーフェミア様をまた拝めるなんて……。わたしの人生に一片《ぺん》の悔《く》いなしです」

胸に手を当ててため息をつくドリスの周りでは、いつの間にか色とりどりの花びらが舞っていた。呪いによる魔力の暴発である。

(……ん?)

ふと、ドリスはある違和感《いわかん》に気がついた。

「あの、パーシバル様……。お話が見えないのですが、王宮へ行くとかなんとか……?」

「そうそう。さっき言ってた報告の話をしないとね」

瞬《まばた》きを繰《く》り返《かえ》すドリスに、パーシバルが優しく笑いかける。

「実はぼく、ユーフェミア王女と婚約《こんやく》することになったんだ」

「え!?」

ドリスは思わずソファから腰を浮かせた。

「ほ……本当ですか?」

パーシバルが笑顔でうなずくと、ドリスの周りに新しくバラの花びらが出現した。

「おめでとうございます……！　パーシバル様とユーフェミア様が……わたしの大切なお二人がご婚約されるなんて、とてもうれしいです……！」

「ありがとう、ドリス」

はらはらと舞い踊《おど》る花びらの中で、ドリスは藍色《あいいろ》の瞳を潤《うる》ませた。

無言で紅茶に口をつけるセレストの髪に、ドリスが舞わせた花びらの一枚がふわりと降りた。

「ぼくにとって、ドリスは妹みたいなものだから。ぜひ婚約披露《ひろう》パーティーに出席してほしいんだ」

「いえ……それは無理かと。パーシバル様もご存じでしょう？」

ドリスはこの十年間、屋敷の敷地《しきち》から一歩も出たことがない。万が一、街中や王宮で魔力が暴発したら取り返しのつかないことになる。

「ユーフェミア王女が、なんの意味もなくこんな映像を記録させてくれたと思う？」

パーシバルの意味ありげな口ぶりに、ドリスは小さく首をかしげた。

「あのね、ドリス……」

パーシバルが言葉を続けようとした時、カチャンと茶器のぶつかる音が響いた。

ティーカップを置いたセレストがこちらをにらんでいる。

メイドが紅茶のおかわりを注ごうとするのを、セレストは手で制した。

「結構だ。ありがとう」

一礼して下がるメイドを横目で見送ってから、セレストはドリスに向き直った。

「お前に拒否《きょひ》権があるとでも思っているのか?」

「え……?」

セレストは長い脚《あし》を優雅《ゆうが》に組み替え、しなやかな指先をこちらに向けた。

「これは『招待』じゃない。『召喚《しょうかん》』だ。お前は余計なことを考えず、王族の召喚に黙《だま》って従えばいい」

「……っ!」

あまりに横暴な物言いに、ドリスは言葉を失った。

「大体、なんの考えもなしにお前みたいな爆弾《ばくだん》女を呼ぶわけがないだろ。国王陛下も魔法師団もバカじゃないんだ。対策くらいある」

「対策……?」

ドリスが首をかしげて見つめ返すと、セレストはふいっと視線をそらした。

「あのね、ドリス。今みたいにドリスの魔力が暴発しそうになっても、呪いの力を無効化できる結界を張る予定なんだ。だから、安心して王宮へ来てほしい……って、セレストは言ってるんだよ」

「言ってない!」

勝手に通訳するパーシバルに、セレストは食い気味に叫《さけ》んだ。

「ここだけの話だけど、ドリスを招待するためにセレストすごくがんばったんだよ。セレストは『魔法師団が』って言ってるけど、結界の発案と指揮はセレストなんだ。それから、ほかにも開発途中《とちゅう》のものがあって……」

「パーシー、余計なことを言うな！」

「殿下が……？」

セレストの声をそよ風のように受け流して、パーシバルは顔の前で手を合わせた。

「考えてみてくれないかな？」

そこまで言われてしまえば、ドリスは首を縦に振るよりほかなかった。

「パーシバル様。ひとつ、条件を出したいのですが……」

夕刻。帰りの馬車の中で、セレストは虚無の表情を浮かべて窓の外を眺めていた。今日の自分の行いに絶望しているのだ。

「そんなにヘコむくらいなら、はじめから素直《すなお》に優しくしてあげたらいいのに」

「それができたら苦労はしない……」

パーシバルの苦言に、セレストは塩をかけられたナメクジのようにうなだれた。

自分では精一杯気を配っているつもりなのだが、ドリスは喜ぶどころか明らかに嫌《いや》がっている様子だった。

「何がいけないんだ……？」

「いつもどおりでいいんだよ。王宮のご令嬢たちとは普通に楽しく会話できるじゃない」

「記憶にない」

王宮での社交は王太子である自分にとって、仕事の一環《いっかん》である。幼い頃から礼儀《れいぎ》作法を叩き込まれているため、興味のない相手には意識せずに振る舞うことができる。

「それはそれで、彼女たちが気の毒だよ」

パーシバルは苦笑《くしょう》して肩をすくめた。

「……ドリスは、昔より元気になったね」

パーシバルの言う昔とは、ドリスが呪われた当初を指している。

「そうだな」

心ない言葉をぶつけて、ドリスを一方的に傷つけた日のことを思い出す。

身を挺《てい》してかばってくれたのに、「余計なことをするな」と怒鳴《どな》ってしまったのだ。

十年経った今も、まだ謝れていない。

助けてくれたことへの感謝も、まだ伝えられていない。

それから……、

「セレストは、ドリスに言わないといけないことがたくさんあるね」

「人の心を読むなよ」

「ぼくに心は読めないよ。わかりやすいだけ。セレストはこんなにわかりやすいのに、どうして大切な人にはうまく気持ちを伝えられないんだろうね？」

「……知るか」

セレストのため息は、夕暮れ時の冷たい風にさらわれていった。

クロスに刺繍針を往復させていたドリスは、ふいに手を止めた。

「王宮……」

脳裏にあの日の出来事が鮮明に浮かび上がる。

バラ咲《さ》く庭園、見知らぬ黒ずくめの魔女、幼い日のセレスト、踏《ふ》みつぶされた花束。

あの瞬間から自分の時間が止まっている気がする。

王宮へ招かれるのは一週間後。それまでに魔力凍結《とうけつ》の呪いを解く手立てが見つかるなら、喜んでパーシバルたちの婚約披露パーティーに出席するのだが、そんな都合のいい話があるはずもない。

「本当にわたしが行っても大丈夫なのかしら……？」

つい、頭の中で当日の仮病をシミュレーションしてしまう。

（……それは駄目《だめ》よね。パーシバル様にもユーフェミア様にも失礼だわ）

それに、ユーフェミアの実兄《じっけい》であるセレストの命令にそむいたとなれば、何をされるかわからない。

（腹をくくるのよ、ドリス）

ドリスは壁に飾っているユーフェミアの肖像画に視線を向け、拳《こぶし》をきゅっと握《にぎ》りしめた。

「……ちょっと待って」

肝心《かんじん》なことに気づいてしまった。

「動いてしゃべる生身のユーフェミア様にお目にかかって、わたしは生きて帰ってこられるのかしら……？」

昼間見た、水晶に映し出された姿だけでも気を失いそうになったというのに。

別の意味でも不安がつのるドリスだった。

一週間後、婚約披露パーティー当日。王都の中心街から王宮へつながる大通りを進む四頭立ての馬車の中で、ドリスは青ざめた顔で身を縮こまらせていた。

（で、出てしまった……お屋敷から出てしまった）

王宮まではおよそ二時間。まかり間違《まちが》って魔力を暴発させてしまわないよう、ドリスは平常心を保つべく深呼吸を繰り返していた。

故郷の本宅に住む両親にことのなりゆきを手紙で伝えると、光の速さで今日のためのドレスと靴《くつ》とアクセサリーが届けられた。

ドリスの母が仕立ててくれたのは、上品さと可愛らしさを織り交ぜたようなライラック色のドレスだった。波打つドレープをたっぷりと取ったデザインで、腰の部分には黒いレースを重ねた花飾りがほどこされている。胸元《むなもと》は華美《かび》にならない程度にひかえめかつ可愛らしいフリルで縁どられており、銀のネックレスと調和している。

母はドリスが王宮のパーティーに出席することがよほどうれしかったのか、魔法の水晶に正装姿を収めて送るようにと、手紙に書かれていた。それに関する文面だけ、やけに太く大きな文字で綴《つづ》られていた。

少しでも親孝行ができたのなら、行く決心をしてよかったとドリスは思った。

いつも身の回りの世話をしてくれるメイドも今日は一段と張り切っており、衣装に合う髪型《かみがた》を何日も前から試行錯誤《しこうさくご》していた。最終的に、両耳の上を編み込んで残りの髪を背中に流すという、できるだけ目立たないけれど地味でもない無難な髪型に落ち着いた。

ユーフェミアがパーティーの翌日にドリスとゆっくり話す機会を設けたいと言ってくれたため、王宮には二泊《はく》する予定である。それから、セレストの計らいで宮廷《きゅうてい》魔法師団の詰《つ》め所《しょ》も見学させてもらうことになった。

馬車は小高い丘《おか》をゆっくりと登っていく。小窓を開けてそっと外を覗くと、外濠《そとぼり》に囲まれた石造りの城壁《じょうへき》が見えてきた。さらに進むと、晴れた青空に映《は》える乳白色の外壁《がいへき》と尖塔《せんとう》の青い屋根がその姿を見せる。

胸《むね》の奥がきゅっと締《し》めつけられるような感覚に、ドリスは思わず胸元を押さえた。なつかしいような、あの場に行きたくないような、複雑な感覚。

馬車の揺《ゆ》れに共鳴するように、ドリスの心臓もどきどきと跳《は》ねる。

社交の場以前に、屋敷の外で人と会うこと自体がひさしぶりで緊張する。

(どうか、何事もなく終わりますように)

両手を組んで祈るドリスを乗せた馬車は跳ね橋を渡《わた》り、城門をくぐった。

城を訪れた馬車が順番に王城の前に停《と》まり、招待客たちが優雅に降りていく。

やがて、ドリスの番がやってきた。

(まずは転ばないこと)

人生で初めて着る舞踏《ぶとう》会用のドレスの裾を踏まないよう、この一週間、屋敷の使用人たちに協力してもらって死ぬ気で所作の練習をしたのだ。王宮へ行くからには無様な姿はさらせないと思い、奮闘《ふんとう》した。

ステップにつま先を乗せ、おそるおそる足を運ぶドリスの前に、白い手袋《てぶくろ》に包まれた男性の手が差し伸べられた。

「お、恐《おそ》れ入りま……っ!?」

反射的に手を取ろうとしたドリスは、相手の顔を見るなり悲鳴をあげそうになった。

それと同時に、周りにいる貴族たちも驚いた様子でざわめいた。

「間抜《まぬ》けな顔をするな。しゃんとしろ」

「で……っ、殿下？」

豪奢《ごうしゃ》な深緑色の上衣に黒いブラウス、黒いズボンといった正装姿のセレストがいた。

セレストは声を震わせるドリスの手を握り、もう片方の手を腰に添《そ》えてドリスを石畳《いしだたみ》の上に降り立たせた。一瞬《いっしゅん》、身体《からだ》がふわりと綿毛のように浮いた心地がした。

「なにゆえ……殿下が直々にお出迎《でむか》えなど……？」

「パーシーの代わりだ。あいつ、今日の主役だってことを忘れて、自分がドリスを出迎えに行くって言い出したんだ。そんな時間あるわけないのに」

「ですが、殿下がわざわざお出ましになる必要は……」

玄関《げんかん》ホールへ続く石段を昇りながら小声でささやき合っていると、周囲の貴族たちが不思議そうにこちらに視線を向ける。

「あら、どちらのご令嬢かしら？」

「王太子殿下みずからお出迎えされるなんて」

（目立っているわ……とても目立ってる……！）

今日の目標は、誰《だれ》の目にもとまらずひっそりと一日を終えることだったのに、王宮に着くなり叶《かな》わなくなってしまった。

ドリスが畏《おそ》れ多《おお》くもパーシバルに提示した舞踏会出席の条件。それは、「人目につかない物陰《ものかげ》からこっそりと二人の晴れ姿を見守る」こと。

出だしからこんなに目立ってしまっては、先が思いやられる。

（殿下は、見た目だけは本当にお美しいから皆様《みなさま》の視線が集まるのも仕方ないとはいえ、一緒にいるわたしまで目立ってしまうのは困るわ……）

ドリスの恨《うら》みがましい視線に気づいたセレストが、怪訝《けげん》そうに眉をひそめる。

「何か文句でも……」

「い、いいえ……！　今日のお召し物がとてもお似合いだと思っただけです」

「は⁉」

「殿下の美貌が際立《きわだ》つ素晴《すば》らしいデザインかと……」

ドリスは思ったことをそのまま口にしたのだが、セレストはそれが気に入らなかったのか、奥歯《おくば》をぎりっと噛《か》みしめて顔をそむけてしまった。

「お……」

「はい？」

見上げると、セレストの頬がほんのりと赤く染まっていた。もしかして、ドリスの到《とう》着《ちゃく》を待つ間に日の光を浴びすぎてしまったのだろうか。

「その……お前の衣装も、まあまあ見られるレベルだ」

この場にパーシバルがいたなら、「そんな言い方、失礼だよ」と諫《いさ》めていただろうが、ドリスはまったく気にすることなく顔をほころばせた。「服と着ている人間が釣《つ》り合《あ》っていない」くらいの苦言は覚悟《かくご》していたので、ドリスにしてみれば「褒《ほ》められた！」に等しい。

「こちらは、母がランカスタ村から送ってくれたんです。殿下から及第《きゅうだい》点をいただけたなら、ユーフェミア様にお目にかかっても恥ずかしくないですね。よかったです」

とにかく転ばないように気をつけないと……と、ドリスが足元を注視した時、セレストはふっと口元をゆるませた。

「さっそくだが妹に会わせる。ついてこい」

「えっ！　そ、そんな……心の準備が」

「つべこべ言わずに行くぞ」

セレストに腕《うで》を引かれて、ドリスは石造りの螺旋《らせん》階段をこわごわ昇りはじめた。

途中、何度か足を止めて呼吸をととのえながら、ドリスはユーフェミアのいる部屋の前へとやってきた。

「こちらにユーフェミア様が……。扉までもが神々《こうごう》しいですね」

扉の前にひかえる女官が、珍獣を見るような目で笑いをこらえている。

「すまない。気にせず開けてくれ」

セレストがうながすと、女官は恭《うやうや》しく扉を押し開けた。

「ユフィ。入るぞ」

セレストの呼び声に、窓辺に立っていた人物がこちらを振り返った。

豊かに波打つ金色の髪が翅《はね》のように踊り、日の光を受けて金色の光の粒《つぶ》を散らす。

「まあ、お兄様」

天使がそこにいた。

純白のフリルが重なったドレスはまさしく天使の翼《つばさ》のようにふわふわとしていて、彼女が一歩進むごとに軽《かろ》やかに揺れる。

「具合は？　なんともないか？」

「そんなに心配なさらないで。今日はとても気分がよろしくてよ」

透き通った可愛らしい声音《こわね》が空気を揺らすと、ドリスの胸も震えた。

（生《ナマ》……生のユーフェミア様……！　かわ……可愛い……！）

興奮に肩を震わせていると、ユーフェミアが声をかけてきた。

「おひさしぶりですわね、ドリス。今日は来てくださってありがとう」

「は、はいっ。ごっ、ご無沙汰《ぶさた》しておりまふ！」

思いきり噛んでしまったが、ユーフェミアは気にすることなくドリスの両手を優しく握った。

(やわらかい……あったかい……すべすべしてる……！)

それに、花の蜜《みつ》のように甘くていい香りがただよってくる。

蜂蜜色の髪もミルク色の頬も、触《ふ》れたらどんなに心地が良《い》いだろう。畏れ多くもそんなことを考えてしまった。

(パーシバル様がうらやましい……)

ドリスは、ユーフェミアのぬくもりが残る両手を胸に抱《だ》いてため息をついた。

「ユフィ。パーシーはどうした？」

「来賓《らいひん》の皆様にご挨拶をしに。パーティーが始まったらあわただしくなるからと、今のうちに済ませておきたいそうですわ」

何気ない会話を交《か》わすセレストとユーフェミアの姿を、ドリスは夢見心地《ゆめみごこち》で見守る。

(お二人が並ぶと、とても絵になるわ……。ご兄妹《きょうだい》だから似ているのは当たり前だけれど、見れば見るほどお美しい……)

あやうく意識を遠くへ飛ばしかけた時、ユーフェミアがドリスに微笑みかけた。

「今日はお会いできて本当にうれしいですわ。お屋敷から出るのは、わたくしには計り知

れないほど勇気のいることだったと思います」

「い、いいえ。とんでもありません……！」

「どうか、心ゆくまで楽しんでいらしてくださいね」

ドリスより少し背の低いユーフェミアは、上目遣《うわめづか》いで小首をかしげた。

（最高の角度……生きていてよかった！）

感動に打ち震えていると、侍女《じじょ》がユーフェミアを呼ぶ声がした。

「あ……、ごめんなさい。そろそろ行かなくてはいけませんの。また後ほど、おしゃべりしましょうね」

ユーフェミアは今一度ドリスの手を握ってから、純白のドレスの裾を揺らして優雅な足取りで部屋をあとにした。

セレストと二人きりになった室内で、ドリスは目を閉じて天井《てんじょう》を仰《あお》いだ。

「殿下……」

「なんだ？」

「わたし、今ここで死んでもいいです」

「やめてくれ」

ユーフェミアの小さくやわらかな手の感触《かんしょく》、鼓膜《こまく》を甘く震わせる愛らしい声、世界じゅうの輝《かがや》きを閉じ込めたような澄んだ瞳。すべてが尊い。

　ドリスは高鳴る胸を両手で押さえ、セレストに向き直った。

「ユーフェミア様にお会いできて、感情がこう……言葉では表せないほどにガーッと入り乱れているのですが、魔力の暴発は起きなかったです」

「そのための結界だからな」

「ありがとうございます。わたしなどのために、殿下や魔法師団の皆様に貴重な魔力を割《さ》いていただいて……」

「お前、そういうふうに自分を卑下《ひげ》するのをやめろ」

　セレストは、怒《おこ》っているというよりも困ったような目をしていた。

「十年前の出来事は、魔女の侵入《しんにゅう》を許してしまった王宮側の防護結界のゆるさに責任がある。自分を責めるな。それに、魔法師団の皆《みんな》も国王陛下も……俺も、お前のことを心配しているんだ。今日くらいは素直に甘えろよ」

「殿下……」

「まあ、その……魔力の暴発は心配ないとして、今日はかわい……いや、マシな格好をしてるからって、そこらの男に声をかけられても浮かれるなよ」

　そう言ってセレストは視線をそらした。

「どうかご心配なく。人目につかないように、隅《すみ》のほうでじっとしていますので。わたしは見守り要員ですから」

「可愛いから目立つんだよ……」

セレストのつぶやきは、ドリスの耳に届かなかった。

日没後《にちぼつ》、王城の広間にてパーシバルとユーフェミアの婚約披露パーティーが始まった。

豪奢なシャンデリアが煌々《こうこう》と輝き、宮廷楽団による優美な演奏が流れる。招待客はグラスを手に歓談《かんだん》し、主役の登場を今か今かと待ちわびている。

（ユーフェミア様の先ほどのお衣装、素晴らしい仕立てだったわ……。あの装《よそお》いでお出ましになるのかしら。髪型とアクセサリーはどんな感じかしら……待ち遠しいわ）

ドリスは、広間のバルコニー席からユーフェミアたちの様子を見守っていた。パーシバルが特別に観覧スペースを用意してくれたのだ。ここなら人目につかず、ユーフェミアの晴れ姿をじっくりと堪能《たんのう》できる。

広間で談笑《だんしょう》する王侯貴族の中に、見知った顔がいた。

華やかなドレスに身を包む麗しい令嬢たちに囲まれているのは、セレストだった。

果実酒の入ったグラスを掲《かか》げ、朗《ほが》らかな笑みを浮かべて、話しかけてくる令嬢の一人一人に丁寧に対応している。

ドリスが何よりも驚いたのは、きらきらとまぶしい人を惹《ひ》きつける太陽のような笑顔だった。

（殿下って……あんなふうに笑う方だったのね）

セレストと言葉を交わした令嬢たちは次々と、頰を赤く染めて恥ずかしそうにその場を離《はな》れていく。会話の内容はまったく聞き取れないが、セレストのかけた言葉が彼女たちの心を鷲掴《わしづか》みにしたと思われる。

（知らなかった……。殿下ってものすごくモテるのね。無愛想《ぶあいそう》で口が悪いから、てっきり嫌《きら》われているのだとばかり）

憎まれ口ばかり聞いているドリスにしてみたら、新鮮《しんせん》な光景だった。

バルコニーから見下ろすセレストの姿はまるで知らない人のようで、なんとも言えない不思議な心地になる。

（もしも、わたしが呪われていなかったら……ひきこもりじゃなかったら、あのご令嬢たちのように普通に笑いかけてくださっていたのかしら？）

華やかで上品な令嬢たちと陰気なひきこもりの自分を比べて、セレストがどうしていつも無愛想なのか、わかった気がした。

（わたしみたいに華も可愛げもない令嬢なんて、相手にしたくないわよね……）

しばらくして、会場の空気が変わった。招待客たちが広間の扉があるほうに注目する。

パーシバルとユーフェミアが入場したのだ。

広間の中央へ進み出た二人はぴったりと寄《よ》り添いながら、四方へ向けて礼をする。

パーシバルは金色のモールで縁どられた白い礼服、ユーフェミアは先ほど着ていた白いふわふわのドレス姿で、髪は細かく編み込んでアップにしており、金細工のティアラを載《の》せていた。

(素敵《すてき》……！　お二人ともとても素敵です……‼)

ドリスは両手の指先を静かに合わせて、音の鳴らない拍手《はくしゅ》をひそかに送った。眼福である。今まで生きてきて本当によかった。今夜が人生で一番幸せ。

自分が呪われていることなどすっかり忘れて、ドリスは幸せを噛みしめた。

その時だった。

「……ねえ、本当にやるの？」

「あら、怖気《おじけ》づいたの？　あなたたちも乗り気だったじゃない」

「そうだけど……」

隣のバルコニーから話し声が聞こえてきた。

広間の階上にはドリス以外に誰もいないと聞いていたのだけれど。不思議に思ったドリスは、通路を抜《ぬ》けて話し声のするほうへと移動した。

柱の陰《かげ》からそっと覗くと、ドレス姿の年若い令嬢が三人、何やら話し込んでいる。

「王女に目にものを見せるまたとない機会よ。公衆の面前で大恥《おおはじ》かかせてやりましょう」

リーダー格と思われる吊《つ》り目の令嬢が、扇子《せんす》で口元を隠して言った。

（ユーフェミア様に……？　この方たち、いったい何を……？）

どう見ても、ユーフェミアたちを祝おうという雰囲気《ふんいき》ではない。

「段取りは覚えているわね？」

リーダー格の令嬢が問いかけると、ほかの二人はうなずいた。彼女たちは、紙の束を両手に持っている。

「ダンスが始まったら、その手紙を一斉《いっせい》に投げ入れるのよ。皆《みな》が騒《さわ》ぎ出した隙《すき》に、私たちは何食わぬ顔で広間へ戻《もど》るの」

「婚約披露の場で婚約破棄《はき》になったら、いい笑いものね」

「くれぐれも見つからないように、注意を払《はら》うのよ」

リーダー格の令嬢が扇子を閉じたその時。

「あ、あの……」

「な、何よあなた。驚かせないでちょうだい！」

ドリスは思わず、令嬢たちの前に姿を見せていた。

「ユーフェミア様に何をなさるおつもりですか……？」

「あら。もしかして、あなたも仲間に入りたいのかしら？」

リーダー格の令嬢は、手下から紙を一枚受け取ってドリスに見せた。

「これは、私の婚約者の家から出てきたの。彼が、王女へ宛《あ》てた恋文《こいぶみ》の下書きよ」

「そして、これが王女からの返事よ」

手下の令嬢が、細かな文字の並ぶ便箋《びんせん》をちらつかせた。

「おそろしい女よね。その気もない相手に……しかも他人の婚約者に愛の言葉を綴れるなんて」

「そうよ、許せないわ！」

気弱そうな手下の令嬢たちが同調するようにうなずく。

「そ、そんな。嘘《うそ》です！」

ドリスは思わず声を荒らげた。

「嘘だなんて失礼ね。物的証拠《ぶってきしょうこ》はここにあるのよ。彼は私にこう言ったわ。『ユーフェミア王女よりきみを愛する自信が持てない』ってね」

「それは……その方が一方的にユーフェミア様に心を奪《うば》われただけなのでは？」

「なんですって？」

令嬢たちの眉間に皺が刻まれる。

「それに、ユーフェミア様は……、パーシバル様を裏切るような卑怯《ひきょう》な方ではありません」

「何が言いたいのかしら？」

「疑いたくはありませんが、あなた方が偽造《ぎぞう》なさったのではありませんか？」

「な……っ！」

三人とも、わかりやすく動揺《どうよう》している。

「他人を陥《おとしい》れるためにこのような工作をなさるのは、美しくありません。去っていった殿方《とのがた》を振り向かせるためにご自身を磨《みが》かれたほうが建設的かと思います」

そこまで言ってしまってから、ドリスははっと口をつぐんだ。

（わ、わたし、見ず知らずの方になんて失礼なことを……）

とはいえ、敬愛するユーフェミアが悪く言われるのは我慢《がまん》ならなかった。

「ずいぶんと失礼な方ね。あなた、もしかして王女の取り巻きかしら？　ああ、わかったわ。王女に取り入って、殿方を横流ししてもらおうという魂胆《こんたん》でしょう？」

「な、何を言って……？」

思いもかけないことを言われて困惑するあまり、ドリスは言葉が出てこない。

「王太子殿下も相当な女たらしですものね。兄妹そろって奔放《ほんぽう》でいらっしゃること」

長年の間、人との接触を避けて生きてきたドリスは、これほどまでにむき出しの悪意に触れたのは初めてだった。これ以上、何を言ってでも聞き入れてもらえそうにない。戸惑いと同時に、ドリスの胸の中に怒《いか》りの感情がふつふつとこみ上げてきた。

「い、いい加減に……」

ドリスが喉《のど》を震わせると、足元の絨毯《じゅうたん》が小さな炎《ほのお》をあげた。炎は一瞬で消えたため、令嬢たちは気づかない。

「あなた、どこかで見たことがあると思ったら……ドリス・ノルマン嬢じゃなくて？」

「あの呪われた伯爵令嬢の？」

「王宮に居場所をなくして雲隠《くもがく》れした、日陰のご令嬢？」

令嬢たちの目の色が変わった。憐憫《れんびん》と侮蔑《ぶべつ》のまなざしで笑みを浮かべている。

「あなたみたいな行き場のない人の面倒《めんどう》を見させられて、王女もお気の毒だこと」

「そんな……」

ユーフェミアにはなんの落ち度もないのに、自分のせいで笑いものにされてしまうなんて。

さざなみのような笑い声がドリスの胸に突《つ》き刺《さ》さる。

「まあいいわ。あなたも見ていらっしゃい。王女の婚約破棄イベントを始めましょう」

令嬢たちが一斉に手紙の束を掲げた。

記されている内容がたとえ嘘偽《うそいつわ》りだったとしても、ユーフェミアが大勢の前で傷つけられることに変わりはない。

「だめ……、ユーフェミア様とパーシバル様の幸せを……邪魔しないでください……！」

ドリスが手紙をばらまこうとする令嬢たちを止めようとするも、リーダー格の令嬢に突き飛ばされてその場に倒れた。

彼女たちの手から手紙が離れようとした瞬間、ドリスは声にならない叫びをあげた。

（ユーフェミア様……！）

次の瞬間、ドリスの視界が白い光に包まれた。

遠い昔、魔女の呪いを受けた時と同じ光景だった。

（なに……？　何が起きて……？）

魔力の暴発を無効化する結界が張られているはずなのに。

薄《うす》れていく視界の中で、令嬢たちが手にしていた紙の束が燃えるのが見えた。彼女たちの口から悲鳴があがる。

それよりもっと遠いところから、自分の名前を呼ぶ声が聞こえた気がした。

「ドリス！」

知っているはずの声が誰のものか思い出せないまま、ドリスは意識を手放した。

パーシバルとユーフェミアの婚約披露パーティーは、予定より早くお開きとなった。

予期せぬアクシデントが起きたためである。

広間のバルコニーで、ドリスの魔力が結界を破って暴発した。奇妙な光があたりを照らしたただけで、器物の破損や怪我人は一切出なかったのが不幸中の幸いだった。

宮廷魔法師団の警備隊が招待客を避難させる中、セレストはバルコニーへ駆《か》け上がった。

途中、三人の令嬢たちがあわてふためいて階段を駆け降りてきたので声をかけたが、彼女たちは逃《に》げるように去っていった。

「ドリス！　おい！　大丈夫か⁉」

長い黒髪が扇《おうぎ》のように広がり、ドリスは床に倒れ込んでいた。セレストは声をかけ、抱きかかえる。彼女の華奢な身体はひどく熱かった。

ドリスを客間へ運び入れ、魔法師団の女性幹部を一人、彼女のそばにつけてもらう手配をした。

目覚めるまでそばにずっとついているつもりだったが、女性幹部に部屋から追い出され、夜半過ぎに自分のベッドに入った。

それからおよそ四時間ほどだろうか。空が白みはじめる時間帯に、寝室《しんしつ》の扉が叩かれた。

扉を開けると、青ざめた顔をしたユーフェミア付きの侍女がいた。

「ユーフェミア王女様のお姿が……どこにもないのです」

妹は、侍女に黙って部屋を抜け出すことはしない。心配をかけるとわかっているからだ。

「わかった。俺も一緒に探す。目が冴《さ》えて散歩に出ているだけだとは思うが」

「お手をわずらわせて申しわけありません。よろしくお願いいたします」

侍女は深々と頭を下げて退室した。

セレストが夜着を脱《ぬ》ぎ落そうとした時、足元にある「何か」と目が合った。

一匹《ぴき》の、毛足の長い白猫《しろねこ》だった。瞳の色は自分と同じ空色。

どこから迷い込んできたのか。

「お前、どこから来た？　主人の名前は？　……なんて、言うわけないか」

セレストがしゃがみ込んで猫の背をなでると、「にゃあ」とは違う声が返ってきた。

「主人などいませんわ。わたくし、飼い猫ではありませんもの。お兄様」

「え……？」

セレストは、猫の背をなでる体勢のまま硬直《こうちょく》した。

「わたくし知りませんでしたわ。お兄様って、動物に話しかけるタイプでしたのね」

「え……？　ユフィ……なのか？」

「いかにも。ですわ」

白猫はどういうわけか偉《えら》そうに、「どや」と言わんばかりに鼻を上向けた。

セレストはさっと青ざめ、疾風《はやて》のような早業《はやわざ》で夜着から部屋着に着替《きが》え、白猫を小脇に抱えて部屋を飛び出した。

ひとつしか思いつかない心当たりを目がけて走る。

身体が熱くて寝苦《ねぐる》しい。ドリスは睫毛を震わせて重いまぶたを開けた。

「ああ、気づいたね。よかった」

女官のお仕着せに身を包んだ見知らぬ女性。

「あの……わたしは……？」

「パーティーの途中で倒れたらしいよ。王太子殿下がここまで運んできたんだ」

「殿下が……？」

意識が途切《とぎ》れる間際《まぎわ》に聞こえたのは、セレストの声だったのだろうか。

「無効化の結界を破るほどに大きな暴発を起こしたんだ。身体が落ち着くまで、ゆっくり休みなよ」

「わたし……やらかしてしまったんですね」

せっかく王宮の人たちが苦心して張ってくれた結界を壊《こわ》してしまった。

「あんたが気に病《や》むことじゃない。あたしたちの落ち度だ。あんたの魔力が成長していることを見越《みこ》せなかった、魔法師団の責任だ」

「あなたは、魔法師団の方……なのですか？」

肩まで伸びた赤髪《あかがみ》の小柄な女性は、そばかすの散った顔に笑みを浮かべた。

「あたしはメリンダ。こう見えても偉い人なのさ。朝が来たらゆっくり話そう。今はとにかく休んで……」

彼女がそう言いかけた時、寝室の扉が乱暴に叩かれた。

「なんだい、まだ夜も明けてないのに無作法な」

メリンダがぼやきながら扉を開けると、息を乱した金髪の青年が飛び込んできた。

「ど、どうなさったのですか、殿下……？」

ドリスは、身体の重苦しさに耐《た》えながら半身を起こして問いかけた。

見れば、セレストは小脇に真っ白な毛玉のようなものを抱えていた。

「ドリス……こいつに見覚えはないか？」

セレストはベッドのそばへ歩み寄り、ドリスの眼前に真っ白な毛玉を突き出した。

毛玉の中に、明るい空色の宝石が埋《う》め込まれているように見える。薄闇《うすやみ》の中で目をこらすと、それは生きものの瞳で、可愛らしい三角形の耳があることも視認《しにん》できた。

「まあ、可愛らしい猫さん」

ドリスは思わず口元をゆるませて顔を近づけた。

なぜかはわからないけれど、この猫から人を惹きつけてやまない魅力《みりょく》を感じる。

「どことなく高貴で神々しい雰囲気とか、思わず抱きしめたくなる愛らしさが、ユーフェミア様と似ていますね」

ドリスがうっとりとため息を漏《も》らすと、どこかで「チッ」と舌打ちをする音がした。

反射的にセレストを見ると、「俺じゃない」と返された。

「呑気《のんき》なものですわね！　誰のせいでこんな姿になったと思っていますの？」

白猫はセレストの腕の中から抜け出して、ドリスを包む羽根布団《ぶとん》の上に降り立った。

「え……？　猫さんがしゃべった……？」

ぶにっ。

ドリスの頬に、ぷにぷにしたもの――肉球が押し当てられた。

「あなたしか犯人が思い当たりませんのよ。昨晩のおかしな光といい、あなたが何か魔法を発動させたのでしょう？　さっさとわたくしを元の姿に戻しなさいな！」

「え？　え？　元の姿？　あの、どういう……？」

「ドリス。落ち着いて聞いてくれ。この猫はユフィだ」

「えええええええ!?」

どうりで心ときめく愛らしさが……などと言えるような空気ではなかった。

「ユーフェミア様が猫に……？　どうして……」

「ですから、あなたの魔力が暴発して……」

ドリスの頬を肉球でむにむにしながら、ユーフェミア（らしき猫）が声をあげたその時。

「どうもー。お邪魔《じゃま》しますよ……っと」

下町の居酒屋にでも入るかのような軽い声音とともに、突如《とつじょ》として虚空《こくう》に亀裂《きれつ》が走った。

室内の空間がビリビリと裂《さ》けて、その切れ目から一人の女性が現れた。

「あれ？　違う子が猫になっちゃったんだ？　どうしよう。王太子を迎《むか》えに来たつもりだったんだけど」

「ちょっと、何こいつ？　なんであたしたちの防護結界がこんな軽く破られてるの？」

メリンダが困惑《こんわく》した声をあげると、侵入者の魔女は波打つ黒髪をばさりとかき上げ、妖《よう》艶《えん》な笑みを浮かべた。

「答えは簡単。おたくらの魔力が私よりも格下だからだよ」

「あ……あなた」

「お前……っ」

ドリスとセレストは、同時に声を震わせた。

「「魔女リプリィ……」」

リプリィと呼ばれた魔女は、セレストの姿を見つけるとうれしそうに顔をほころばせた。

「ああ、いたいた、王太子だ。でも、魔力反応が違うんだよね……。私の魔力が共鳴したから飛んできたのに」

リプリィの言葉は不可解で、この場の誰もが理解できずにいた。

「うーん……」

身体のまろやかな曲線に沿った漆黒のドレスを着た美女は、細く長い指先を顎《あご》に当てて、一人ずつ目を合わせた。

そして、リプリィはドリスにふたたび視線を向けた。

怪訝そうに眉をひそめて、リプリィは口を開いた。

「きみ……誰だっけ？」

第2章　恋をしろと言われましても

クレシア王国東部。日の光さえ届かないほどに鬱蒼《うっそう》とした森の奥にある古い家で、〈野《の》良《ら》〉の魔女《まじょ》たちが昼間から酒宴《しゅえん》に興じていた。

「ヒマねぇ」

「今日はやけに静かだと思ったら、リプリィが来ていないのか」

「リプリィなら、真夜中にご機嫌《きげん》で出かけていったわよ。なんでも、十年前にかけた呪《のろ》いが完成したとかなんとか」

「十年とは気の長い話だな。酒の熟成じゃあるまいし」

魔女は杯《さかずき》に琥珀《こはく》色の蒸留酒を注ぎながら言う。

「元をたどると、何十年も昔の王太子への恨《うら》みがきっかけらしいわよ。フラれた腹いせに、今の王太子を猫《ねこ》に変えてやるんですって」

「どれだけ年代物の恨みなんだ。陰湿《いんしつ》なあいつらしいが」

「でも、おもしろそうだと思わない？　王太子が〈野良〉の使い魔に成り下がるなんて、前代未聞《ぜんだいみもん》の茶番劇よ。わたし、王太子に魚の骨をくわえさせてみたいなぁ」

「それは見ものだ」

リプリィと旧知の魔女は杯に口をつけ、「だが」と続けた。

「あいつは少々、抜《ぬ》けているところがあるからな。どうなることか」


明け方の王宮、ドリスの寝室《しんしつ》。

「……大体の状況《じょうきょう》はわかった」

部屋の隅《すみ》で気まずそうに視線を泳がせる黒髪《くろかみ》の魔女に向かって、セレストが言った。

「俺にかけようとしていた呪いがドリスにかかってしまったのは、十年前に把握《はあく》している。その呪いが開発途中《とちゅう》で不十分だったせいで、妹が猫になった……ということか」

「そうみたいだね。酔《よ》ってたから記憶《きおく》がほとんどないんだけど」

「そうか」

セレストはリプリィに歩み寄り、華奢《きゃしゃ》な手首をつかんだ。彼の手が銀色の光を放つ。

「ちょっと、何これ？」

リプリィの両手首に、銀色の手枷《てかせ》がはめられていた。

「術者みずから現れたのなら、話は早い。今すぐ二人の呪いを解いてもらおう。貴様の処《しょ》遇《ぐう》は、そのあとでじっくりと協議する」

「え、解き方なんて覚えてないけど」

リプリィは漆黒《しっこく》の瞳《ひとみ》をきょとんと見開いて言った。

すると、セレストは腰《こし》に佩《は》いていたナイフを鞘《さや》から抜いて、リプリィの顎《あご》に突《つ》きつけた。

「覚えていないなら、思い出させてやろうか」

「よくない。よくないよ！　王太子サマが拷問《ごうもん》とか、よくないと思うな！」

リプリィは、さっと青ざめて顎を反らせた。

「殿下《でんか》、どうか落ち着いてください……！」

「わたくしは、拷問にかけてでも吐《は》かせるべきかと思いますわ」

「え？」

白猫《しろねこ》のユーフェミアが何やら不穏《ふおん》なつぶやきを漏《も》らした気がして、ドリスは視線を向けたが、ユーフェミアはすました様子で純白の尻尾《しっぽ》を優美に揺《ゆ》らしていた。

ナイフを鞘に収めたセレストに、リプリィは妖艶《ようえん》に微笑《ほほえ》みかけた。

「いいねぇ。その、血の気が多くて小生意気な感じ。今からでも、きみに呪いをかけ直してみたくなってきた」

「お断りだ」

ふいに、リプリィの長い黒髪の間から、金色の双眸《そうぼう》をした黒猫が顔を出した。

セレストは、横目で白猫のユーフェミアを見やる。

「貴様は、妹を使い魔にするつもりなのか？」

「いや、王女はいらない。私をコケにした男にそっくりな王太子を、自分のおもちゃにしたかっただけだからね」

そう言って、リプリィは赤くつやめいた唇《くちびる》を三日月のかたちにして笑った。

「解呪《かいじゅ》の方法がないということは、わたくしは一生このままの姿ですの……？」

ベッドの上で、ユーフェミアが愕然《がくぜん》とつぶやいた。

「お気の毒だけど、そういうこと。王女様も、そこのきみも、どうか強く生きてね」

リプリィが指先を軽く振《ふ》ると、彼女の両手首を鎖《くさり》でつないでいた手枷が、灰となってさらさらと床《ゆか》にこぼれ落ちた。その場にいた全員が目をみはった。

「そうそう。余計なお世話かもしれないけど、王宮の防護結界、もう少し固くしたほうがいいかもね」

バカにしたような口ぶりに、セレストとメリンダが険しい表情を浮《う》かべた。

リプリィが白い指先を虚空《こくう》に滑《すべ》らせて、空間にふたたび裂《さ》け目《め》を入れる。

「あの、待ってください……！」

ドリスは夜着姿なのも忘れてベッドから降りて、リプリィに手を伸《の》ばそうとした。

「うわっ！」

宙に浮いていたリプリィの身体《からだ》が、床に引き寄せられるように叩《たた》きつけられた。

「〈野良〉の魔女、リプリィだな」

どこからともなく、軍服めいた作りをした藍色《あいいろ》の制服姿の男性が姿を現した。彼はその場に膝《ひざ》をつき、リプリィが反応するより早く彼女の首元に手を当てた。

「つ……っ！」

革手袋《かわてぶくろ》に包まれた手がほのかな紅色に輝《かがや》き、リプリィは苦痛に顔をしかめた。

彼が手を離《はな》すと、リプリィの喉《のど》にあたる部分に、深紅《しんく》のリコリスの花をかたどった印が刻まれていた。

「貴様の身体に〈刻印〉をほどこした。嘘偽《うそいつわ》りを口にすると、呼吸が止まる呪いだ。死にたくなければ解呪方法を吐け」

「嫌《いや》だね」

リプリィが吐き捨《す》てると、男性は革手袋に包まれた指を鳴らした。

「く……っ？」

リプリィは突然《とつぜん》喉に手を当て、口を大きく開けた状態で身体を痙攣《けいれん》させた。

「はっ……はあ……っ、死ぬかと思った……。魔法師団《まほうしだん》か」

リプリィは深呼吸を繰《く》り返《かえ》しながら、男性の制服を上から下までねめつけた。

「ああ、そうだ。貴様より格下の宮廷《きゅうてい》魔法師団を取りまとめている者だ」

制服姿の男性は無表情で、「格下」を強調して答えた。

「魔法師団……」

息をつめて見守るドリスに、セレストが説明する。

「宮廷魔法師団長、ジャレッド・コール。この国で一番の魔法使いだ」

ジャレッドは、なおも暴れようとするリプリィの身柄《みがら》を取り押さえ、彼女の両手首に魔《ま》力《りょく》を抑制《よくせい》する赤銅《しゃくどう》色の鎖をかけた。先ほど、セレストがかけた魔法の手枷よりも強度は上である。

「いつまでも女性の寝室で話し込むわけにいかないだろう。皆《みな》、あちらへ」

三十歳手前と思われる落ち着いた声音《こわね》で、ジャレッドはその場にいる全員を隣《となり》の応接間へと誘導《ゆうどう》した。

ドリスは肩《かた》にストールを羽織って、布張りのソファに腰を落ち着けた。

隣には、白猫を抱《だ》きかかえたセレスト。向かいのソファにジャレッドと、疲《つか》れきった顔をしたリプリィが座った。

メリンダは、「あたしはドリスの侍女役《じじょ》だからね」と、扉《とびら》のそばにひかえている。

「防護結界につけ入る隙《すき》があったのは、私をおびき寄せるための罠《わな》？」

「勘《かん》がいいな。完成に年月を要する呪いならば、いずれまた王宮に現れると判断した。十年前よりも侵入《しんにゅう》が容易だっただろう？」

魔法師団の仕《し》掛《か》けた罠にまんまと嵌《は》められたと知り、リプリィは苦い表情を浮かべた。

「では、聞かせてもらおうか。彼女たちの呪いを解く方法を」

「…………」

「今すぐ貴様の気管を堰《せ》き止《と》めることもできるが、どうする？」

情け容赦《ようしゃ》ないジャレッドの言葉に、リプリィは奥歯《おくば》を噛《か》みしめて観念した。手首にかけられた赤銅色の手枷と鎖が華奢な見た目以上に重苦しいのか、リプリィの頬《ほお》や首筋に汗《あせ》が浮いている。

リプリィは肩で何度か呼吸をしてから、口を開いた。

「キスだよ」

その場にいる全員が、「なんて？」と首を傾《かたむ》けた。

「両想《おも》いの恋人《こいびと》同士の、心の通じ合ったキス。それが呪いを解く唯一《ゆいいつ》の方法。ドリス……だっけ？　きみが、愛し合う相手と真実のキスをすれば、魔力凍結《とうけつ》の呪いも王女の動物化の呪いも同時に解くことができる」

明け方の薄闇《うすやみ》に灯《とも》された蝋燭《ろうそく》の炎《ほのお》が、ドリスの青白い頬に影《かげ》を落とした。

「…………ほかには？」

蚊《か》の鳴くような細い声で、ドリスは問いかけた。

「ほ、ほかには何かありませんか？　たとえば、術者の心臓に銀の杭《くい》を打つとか、術者を森の神の生贄《いけにえ》にするとか……！」

「きみ、おとなしそうな顔して恐《おそ》ろしいことをサラッと言うね。私の心臓に杭を打つ気でいるの？」

「すみません。もののたとえです……」

ドリスは肩を縮こまらせて顔をうつむけた。

そして隣では、なぜかセレストまで世界の終末のような重々しい表情で、額に手を当てて考え込んでいた。

「魔女リプリィ。呪いについて、ほかに何か隠《かく》していることがあるなら今のうちに言え」

「あんた、いちいち突っかかる言い方するね。別に隠してるわけじゃないけど、動物化の呪いにはリミットがあるから、解呪したいなら急いだほうがいいよ」

「なんですって!?」

一番に反応したのはユーフェミアだった。

「今日一日過ごしてみたらわかるはずだけど、王女は太陽が出ている間は猫の姿に、日が沈《しず》むと人間の姿になる」

「あら、元《もど》の姿に戻れますの？」

「今は、ね」

三角形の耳をピンと立てるユーフェミアに、リプリィは念押しするように言う。

「呪いのリミットは二か月先。正確には昨夜《ゆうべ》から数えて六十六日後。それを過ぎると、王

女は未来永劫猫《みらいえいごう》の姿で生きることになる。そして、人間の時の記憶も、言葉も忘れる」

セレストの膝の上で、ユーフェミアが愕然と目を見開いた。

「そんな……」

ドリスが声を震《ふる》わせたその時、セレストはユーフェミアをそっと膝から降ろした。

そして鞘からナイフを抜き、逆手に構えた。ナイフは銀色の光を放ち、細長い杭に姿を変えた。

「殿下……？」

「俺は基礎《きそ》的なことを忘れていたようだ。大抵《たいてい》の呪いは、術者を殺せば解けるものだ」

水面《みなも》のように静かで、けれど氷柱《つらら》のように冷たく鋭《するど》い声音。

初めて触《ふ》れるセレストの怒《いか》りに、ドリスは息をすることを忘れそうになった。

「やってみたらいいさ。私が死んだ瞬間《しゅんかん》に、王女様の動物化の呪いが完成するけど、それでもよければ」

「………」

「この呪いの目的は王族への嫌がらせだよ。私がそんな単純な解呪を許すと思う？」

リプリィは赤い唇の間から、蛇《へび》のように舌をちらつかせた。

「どうやら虚言《きょげん》ではなさそうだ。〈刻印〉の呪いが作動しない」

ジャレッドの言葉に、セレストは無言で銀色の杭をナイフに戻し、鞘に収めた。

「あ、あの……」

場にいる面々に視線を向けて、ドリスが口を開いた。

「わ、わたしが……その、キス……？　をすれば、いいのですよね？　そ、それでユーフェミア様が元の姿に戻れるのでしたら……。元はと言えば、わたしが平常心を保てずに魔力を暴発させてしまったのが原因ですし……。わ、わたしが必ずや、ユーフェミア様を元の姿に戻します……！」

「ドリス……自信のなさが顔に出ているぞ」

「き、気のせいですよ、殿下……」

これでも、懸命《けんめい》に自分を奮い立たせているのだ。

「それから、もうひとつ」

リプリィは細く白い人差し指を立てて言った。

「万が一、両想いじゃない相手とキスしてしまった場合、ドリスは死ぬ」

「え……？」

今度はドリスが目を見開いて息をのんだ。

「そもそもは、私をもてあそんでくれた過去の王太子への恨みをこめた呪いだからね。適当な女の子とキスして死ねばいいと思ったんだ」

とんでもないことを、いともあっさりと言ってくれる。

「標的を間違《まちが》えちゃったのは悪いと思ってるよ。ごめんね」

「ふざけるな！」

セレストが声を荒《あら》らげる。

「謝って済む話か！　なんでドリスがそんな……」

「殿下、落ち着いてください……！」

「落ち着けるわけがないだろ！　お前も、もっと怒《おこ》っていいんだぞ！　こんな八つ当たりみたいなバカバカしい呪いのせいで、お前の人生がどれだけ台無しにされたと思っているんだ⁉」

「でも、呪いを解く方法は教えてもらえたことですし、リプリィをどうにかするのは魔法師団の皆様におまかせして、まずはユーフェミア様を元の姿に戻しましょう……！」

「相手を間違えたら、お前は死ぬんだぞ！」

そう吐き捨て、セレストはリプリィをにらみつけて立ち上がった。握《にぎ》りしめた拳《こぶし》が震えている。

「殺すまでは行かなくとも、今までドリスが苦しんだ分を貴様も思い知るべきだ」

「殿下、おやめください……！」

ドリスはセレストを追うように立ち上がり、彼の上着の袖《そで》をつかんだ。

「止めるな！」

「だめです……っ！」

怒りの衝動《しょうどう》に駆《か》られるセレストを止めようと、ドリスはしがみつくように彼の腕《うで》を思いきり引いた。

「うわっ！」

「きゃ……っ」

その拍子《ひょうし》にセレストの上体が傾き、勢い余ってドリスもろとも絨毯《じゅうたん》の上に倒《たお》れ込んだ。

「…………」

「…………」

仰向《あおむ》けに倒れた夜着姿のドリスと、床に両手をついて覆《おお》いかぶさるセレスト。

セレストの前髪《まえがみ》がドリスの鼻先に触れている。互《たが》いの吐息《といき》が唇をくすぐる。

静寂《せいじゃく》の中、セレストが喉を鳴らす音が響《ひび》いた。

「気をつけなよ。本当に死ぬから」

リプリィの言葉に、ドリスとセレストはそろって青ざめた。


必ず呪いを解くと大口を叩いたものの、まったくあてがなくてドリスは途方《とほう》に暮れていた。

「どうしよう……」

リプリィは、さも簡単なことのように「キスをすれば解ける」と言っていたが、ドリスにしてみればハードルが山よりも高い。

魔女リプリィは現在、宮廷魔法師団の詰《つ》め所《しょ》である西の塔《とう》に身柄を拘束《こうそく》されている。呪いが解けるまでの間、刑《けい》の執行《しっこう》は保留となっている。

窓から射《さ》し込む白い陽光がまぶしい。普段《ふだん》は、できるだけ自室のカーテンを閉めて日陰《ひかげ》で生活しているドリスにとって、日差しは目に痛い。

屋敷《やしき》から持ってきた私服の黒いワンピースを着ているおかげで、なんとか平常心を保つことができている。ユーフェミアの希望で王宮に数日滞在《たいざい》する予定だったので、お気に入りの普段着《ふだんぎ》を用意しておいたのが役に立った。

そろそろ昼時だというのに、ドリスのお腹《なか》は今朝から食事を受けつけようとしない。考えることが多すぎて、何も食べる気になれずにいた。毎朝の日課であるユーフェミアの肖像画《しょうぞうが》（十年分）への挨拶《あいさつ》もできず、心が落ち着かない。

（二か月以内に、誰《だれ》かとキスをする。その前に、両想いになる。その前に、誰かを好きになる……）

どうやって？

呪いを解くための第一歩で、ドリスは思いきりつまずいていた。

まず、恋の仕方というものがまったくわからないのだ。

（人って、どうやって人を好きになるの？）

こんなことなら、母が時々送ってくれる恋愛《れんあい》小説をきちんと読み込んでおくべきだった。

とりあえず流し読みはしたものの、いまいち感情移入できずに本棚《ほんだな》へしまっていた。

テーブルの下に潜《もぐ》り込んで頭を抱《かか》えていると、部屋の扉がノックされた。ドリスの奇行《きこう》を不思議そうに見ながらも、メリンダが取り次いで客人を迎《むか》え入《い》れる。

「ドリス。お客さんだよ」

「は、はい？」

ドリスはテーブルから這《は》い出て、乱れた衣服の裾《すそ》をあわててととのえる。

開かれた扉から姿を見せたのは、昨日の主役である二人……もとい、一人と一匹《ぴき》だった。

「こんにちは、ドリス」

「ごきげんよう、ドリス。少しは落ち着きまして？」

（パーシバル様とユーフェミア様がご一緒《いっしょ》ということは……）

ドリスが見上げると、パーシバルは眉尻《まゆじり》を下げて微笑んだ。

「昨夜はせっかく来てくれたのに、会えずじまいで悪かったね」

「い、いいえ！　あの、こちらこそ……その」

言葉を選べずに戸惑《とまど》っていると、パーシバルが優《やさ》しく声をかけた。

「セレストから全部聞いたよ。大変だったね」

ドリスは首を大きく横に振った。長い黒髪が踊《おど》る。

「申しわけありませんでした。せっかく皆様《みなさま》が尽力《じんりょく》してくださったのに、このような事態を招いてしまって……」

「自分を責めないで。きみのせいじゃない」

婚約者《こんやく》が呪われてつらいはずなのに、パーシバルはこんな時でさえ優しい言葉をかけてくれる。

「ほかに何か方法がないか、ぼくも探してみるよ。セレストほどじゃないけれど、ぼくも呪術《じゅじゅつ》にはある程度触れているから」

「ありがとうございます」

まずは自分にできることを……と思うものの、何から始めていいのやら見当もつかないのが現状である。

二人と一匹で囲むローテーブルに、メリンダの用意した紅茶が並べられた。ユーフェミアには、白磁の器《うつわ》に注いだ水が用意された。

「あの……パーシバル様」

紅茶を一口飲んでから、ドリスはおずおずと呼びかけた。

「なんだい？」

「ご迷惑でなければ、お二人のなれそめについてお聞かせいただけませんか？」

「はぁ⁉　どうしてそんな……」

「うん、いいよ」

噛みつくような勢いで毛を逆立てるユーフェミアを抱きかかえながら、パーシバルは何かを察してくれたのか、春風に揺れるタンポポのようにやわらかくうなずいた。

「ぼくたちの話で役に立てるなら」


生まれつき身体の弱いユーフェミアは、滅多《めった》に部屋から出ることができなかった。

その日はめずらしく体調がよかったので、庭園で一人遊びを楽しんでいた。

前の晩に降った雨でやわらかくなっていた土をこねて、泥《どろ》団子をたくさん作った。

部屋にこもりきりでストレスがたまっていたユーフェミアは、周りに誰もいないのをいいことに、木の幹めがけて泥団子を振りかぶって投げた。

そこへ、運悪くパーシバルが通りかかった。

パーシバル八歳、ユーフェミア五歳。今から十一年前のことである。

「顔面に泥団子をぶつけられたのがきっかけ……ですか？」

にこにことうなずくパーシバルと、そっぽを向くユーフェミア。

「あの時のユフィ、可愛《かわい》かったんだよ。自分でぶつけたのに、びっくりして泣いちゃって」

「パーシー様の泥だらけのお顔が、あまりに恐ろしかったのですわ」

ばつが悪そうに言うユーフェミアの真っ白な背中を、パーシバルは愛《いと》おしげになでる。

「それからいろいろあって、今に至るって感じかな」

個人的には「いろいろ」について詳《くわ》しく聞きたいところだけれど、ユーフェミアの機嫌がますます悪くなりそうなので、ドリスは口をつぐんだ。

「貴重なお話をありがとうございます」

「少しでも参考になればいいんだけど……そうだ！」

パーシバルは、ふと思いついたように声をあげた。

「セレストに相談してみたらどうかな？」

「殿下に……ですか？」

聞いたところで「知るか」と一蹴《いっしゅう》されそうな気がするのだけど。

「恋愛関係ならセレストが適任だと思うよ。ドリスの前だとあんな無愛想《ぶあいそう》だけど、実際はかなりモテるし」

ドリスの脳裏《のうり》に、昨晩の婚約披露《ひろう》パーティーの光景が浮かんだ。

花に集まる美しい蝶《ちょう》のように、代わる代わる話しかけてくる令嬢《れいじょう》たちに麗《うるわ》しい笑《え》みで対応していたセレストの姿を思い出す。

「たしかに……パーティーでの殿下は、普段と別人のようでした。わたしは、殿下から相当嫌《きら》われているのですね。顔と態度に出すのは、王族としてどうかと思いますが」

「え、いや、セレストは嫌ってなんか……ドリス、聞いてる？」

「お兄様って、普段どんな態度でドリスと接していますの……？」

弁明しようとするパーシバルの膝の上で、ユーフェミアは呆《あき》れた声でつぶやいた。

「殿下からは嫌がられると思いますが、ほかでもないユーフェミア様のためですから。思い切って相談してみます」

「う、うん。がんばって……」

パーシバルは何か言いたげな素振《そぶ》りを見せつつ、うなずいた。

「ところでドリス。わたくしからもひとつ、頼《たの》み事がありますの。よろしいかしら？」

「ユーフェミア様が……わたしに？　よ、喜んで！　なんでも仰《おお》せつかります……！」

ドリスは胸の前で両手を組んで吐息を漏らした。こんな非常事態だというのに、幸せを感じてしまう自分が罪深い。

ユーフェミアはパーシバルの腕の中から抜け出し、軽い身のこなしでローテーブルに飛び移り、ドリスの膝の上へと降り立った。カップの中の紅茶がわずかに波立つ。

（わ、わたし今、ユーフェミア様をお膝抱っこしている……!? なんという僥倖《ぎょうこう》……！）

不謹慎《ふきんしん》と思いつつも、ドリスはユーフェミアを膝に抱える喜びを噛みしめる。

このまま、もふもふのユーフェミアを抱きしめて頬ずりしたい……という衝動に駆られそうになったが、理性を総動員してこらえた。

「わたくし、日頃《ひごろ》は自室で過ごしているのですが、一応は王女という身分ですので、体面を保つ必要がありますの」

ドリスは小さくうなずいて、ユーフェミアの話に耳を傾ける。

「週に一度、貴族のご令嬢たちをお招きしてお茶会を主催《しゅさい》しているのですが、この姿ではおもてなしもままなりませんの。そこで、ドリス。わたくしの身代わりになって、お茶会を仕切ってくださいませんこと？」

「えっ？」

ドリスは驚《おどろ》きの声をあげた。まさか、王女の身代わりを頼まれるなど思っていなかった。

「駄目《だめ》……かしら？」

宝玉のような美しい双眸で見上げられては、冗談《じょうだん》でも「無理です」とは言えない。

「と、とんでもないです！ わたしでお役に立てるのでしたら……！」

すると、ユーフェミアは空色の瞳を三日月のかたちに細めて笑った。

「助かりますわ。婚約者を取られただのなんだの、散々な言いがかりをつけられて困っているところでしたの。そんな時にわたくしが欠席などしたら、好き放題言われて笑いものにされるに決まっていますもの」

ユーフェミアは、ピンク色の可愛らしい鼻をふんっと鳴らした。

「昨夜《ゆうべ》だって、誰かがわたくしに嫌がらせをしようとしていたのでしょう？　温情をかけて、知らぬふりをして差し上げましたけれど、次はありませんことよ。絶対に叩きつぶしますわ！」

「あの、ユーフェミア様？　お茶会……ですよね？　決闘《けっとう》などではないですよね？」

ドリスがおそるおそる問いかけると、ユーフェミアは顎をつんと上向けた。

「ある意味、決闘ですわね。何かされたら、遠慮《えんりょ》なく返り討《う》ちにしてよろしくてよ」

「……パーシバル様」

視線で助けを求めると、パーシバルは小声で「お手やわらかにね」と両手を合わせた。

(王宮って、こんなに殺伐《さつばつ》としたところだったのね……知らなかった)

呼吸を落ち着けたところで、ドリスは素朴《そぼく》な疑問を口にした。

「ところで、ユーフェミア様。気持ちがたかぶっていらっしゃるせいでしょうか……、わたしが知る清楚《せいそ》で可憐《かれん》なユーフェミア様と比べますと、気性《きしょう》が激しいように見えるのですが」

すると、ユーフェミアに代わってパーシバルが答えた。

「これがユフィの素《す》なんだよ。ほかの人たちには内緒《ないしょ》ね」

スズランの花のように麗しく清らかな、あこがれの姫君《ひめぎみ》。

ドリスはふいに、可愛らしい見た目をしたスズランの花が猛毒《もうどく》を秘めていることを思い出した。


本来の予定なら、今日の午後はセレストに連れられて魔法師団の詰め所を見学しに行くはずだったのだが、後日にあらためることとなった。「昨日からいろいろなことが起きて疲れているだろう。今日一日はゆっくり休め」という、ジャレッドの気遣《きづか》いだった。

昼食は、リンゴのジャムを添《そ》えたスコーンをひとつ、なんとか食べきった。

「ねえ、ドリス。気分転換《てんかん》に散歩に行かない？　今の時間なら、中庭とかあまり人がいないはずだから。連れてってあげるよ」

日当たりの良《い》い場所は苦手なドリスだが、自分を元気づけようと気遣ってくれるメリンダの優しさに触れて、提案を受け入れることにした。

昨晩のパーティーに出席していた人たちのほとんどは今朝のうちに帰ったようで、回廊《かいろう》はしんと静まり返っていた。聞こえるのは自分たちの足音と鳥の声、風が緑を揺らす音だけ。

メリンダの手引きで中庭に足を踏《ふ》み入れたドリスは、土と緑の匂《にお》いをいっぱいに吸い込んだ。

「風が気持ちいいですね」

「でしょ？　たまに仕事サボって、あのあたりで昼寝《ひるね》するんだ……あれ？」

メリンダが指差した先に、セレストの姿が見えた。

一人ではなく、誰か女性と向かい合って会話をしている様子だった。

ドリスとメリンダは無言でうなずき合い、植物の陰《かげ》に隠れて聞き耳を立てた。

（これは、盗《ぬす》み聞《ぎ》きなんかじゃなくて見学よ）

はしたない行為《こうい》だと自覚しつつも、心の中で言い聞かせる。

セレストと一緒にいるのは、月明かりのような銀髪《ぎんぱつ》が美しい令嬢だった。歳《とし》はドリスと同じくらいだろうか。凛《りん》とした立ち姿が綺麗《きれい》だと思った。

「セレスト様。昨晩はご一緒できずに残念でしたわ」

「すみません、ロベリア嬢《じょう》。どうしてもはずせない用ができたもので」

風に乗って二人の声が聞こえてくる。

「私《わたくし》とともに過ごすよりも大切なご用事って、何かしら？」

ロベリアと呼ばれた令嬢は、含《ふく》みを持たせるような物言いでセレストを見上げた。

「本当なら、朝まで離れたくありませんでしたのに」

（朝まで一緒に……って、徹夜《てつや》で何をなさるのかしら？　チェスとか？）

自分だったら絶対に途中で寝《ね》てしまう。そんなことを考えながら、ドリスは二人の様子を見守る。

「夜更《よふ》かしはよくないですよ。貴女《あなた》の美貌《びぼう》を損《そこ》ねてしまう」

「まあ、お上手。そう言って、また私から逃げるおつもりでしょう？」

ロベリアはセレストの手を取って、自分の頰《に》に触れさせた。

「いつになったら、私をあなたのものにしてくださるの？」

「ロベリア嬢……」

何やらただならぬ雰囲気《ふんいき》に、ドリスは息をのんだ。

セレストは、つかまれていた手をやんわりと解いた。

「ロベリア嬢のことは、いい友人だと思っています」

「私は、あなたの婚約者候補でしてよ？　友人どまりというのは、いただけませんわ」

（婚約者候補……？）

初めて耳にする言葉に、ドリスは思わず目を見開いた。

ユーフェミアが婚約したのだから、王太子であるセレストにもそういった相手がいるのは当然だろう。

「もちろん、心得ておりますよ。ですが、貴女の期待に応えることはできません」

「セレスト様は、心に決めたお相手がいらっしゃるということかしら？」

「さあ？　どうでしょう」

軽くかわすセレストの態度にこれ以上押しても意味がないと思ったのか、ロベリアはそこで話を打ち切った。

「今日はここまでにいたしましょう。ゆっくりと少しずつ、セレスト様の御心《おこころ》に私の存在を刻みつけて差し上げましてよ。ごきげんよう」

ふふっと笑って、ロベリアはその場を立ち去った。一人になったセレストは、「疲れた……」とその場に座り込んだ。

（聞いてはいけない話だったかしら……？）

ドリスはメリンダと無言で目配せをし、足音をたてないようにその場から去ろうとした。

「そこの二人、どこへ行く気だ？」

空を仰《あお》ぎながら、セレストは独り言のような口調でこちらに声をかけてきた。

逃げ場を失ったドリスとメリンダは、おそるおそる顔を見せた。

「ご、ごきげんよう……殿下」

「ごめんねー。覗《のぞ》き見《み》するつもりはなかったんだけど」

セレストは木の幹に背を預けた格好でこちらを見た。

「悪い、メリンダさん。少しだけ、こいつと二人にしてくれないか？」

「はいはい」

メリンダは、転移魔法でその場から姿を消した。

「あの、殿下……？」

「別に怒ってないから、こっちに来い。話がある」

先ほどの令嬢と話していた時のやわらかな物腰《ものごし》はどこへやら、セレストは鋭い目つきでドリスを呼んだ。

（怒っているようにしか見えないのですが……）

この場から逃げ出したい気持ちをこらえ、ドリスは言われるままにセレストのそばへ歩み寄った。

「これ、着けておけ」

そう言って、セレストは懐《ふところ》から何か光るものを取り出した。

ドリスはその場に膝をついて、差し出されたものを受け取る。

手渡《てわた》されたのは、銀細工のブレスレットだった。バラの花と葉の精緻《せいち》な装飾《そうしょく》がほどこされた、見事な一品である。

「綺麗なブレスレットですね……これをわたしに？」

「城に張ってある結界を凝縮《ぎょうしゅく》させた、無効化の魔法をこめてある。昨夜みたいなことはもう起きないはずだ」

そう言って、セレストはそっぽを向いた。端正《たんせい》な横顔を彩《いろど》る金色の髪が風になびく。

ドリスは、ブレスレットとセレストの横顔を交互《こうご》に見た。

「殿下が作られたのですか？」

「彫金《ちょうきん》は城の職人に頼んだ。俺がやったのは、せいぜい魔法を仕込《しこ》むくらいだ」

ドリスは長い睫毛《まつげ》を上下させて、セレストの横顔をまじまじと見た。

せいぜいとか、なんでもないことのように言っているけれど、魔法師団が総がかりで張った結界をしのぐ魔法を凝縮させて装身具にこめるなど、誰にでもできることではない。

「こういったアクセサリーは、一晩で作れるものなのですか？」

「そんなわけないだろう。発注から完成まで半年はかかる。魔法をこめるのは一晩もかからないが」

「半年も前からご用意してくださっていたということですか？」

ふと浮かんだ疑問を口に出すと、なぜかセレストは頬を真っ赤に染めた。

「こ、細かいことは気にするな！　その……ひきこもりのお前でも、たまにはアクセサリーくらい着けてもいいと思ったんだ。ブレスレットなら邪魔《じゃま》にならないだろ」

「何が、目的ですか……？」

ドリスは、セレストの顔を覗き込み、声をひそめて問いかけた。

「は⁉」

「魔力の暴発を抑《おさ》えるためとはいえ、わたしを毛嫌《けぎら》いしている殿下が、なんの見返りもなくわたしのために何かをしてくださるなんて、考えられません……何か魂胆《こんたん》があるのでしょう？　もしかして、このブレスレットには、さらなる呪いがかけられているとか……⁉」

「卑屈《ひくつ》にもほどがあるだろう！　……って、ちょっと待て。俺がいつ、お前を嫌っているって言った？」

「見ていればわかります。私の前ではいつも親の仇《かたき》を見るような目つきですし、口を開けば意地悪なことばかり言いますし……」

（ほかのご令嬢には、あんなに楽しそうに笑いかけるのに）

思わずそう言いかけて、ドリスは口をつぐんだ。

「お前の目には……そう見えるのか」

セレストは片手で口元を覆って、ため息をついた。

「本当に嫌いなら、毎月会いに行ったりしない」

「え？」

「別に、見返りなんて求めてない。気に入らなければ、捨てるなり売るなりすればいい。そんなものがなくても、魔法師団がほかに対策を練ってくれるだろう」

「それじゃあ……」

ドリスは、手の中できらめくブレスレットをふたたび見た。

(これは殿下が、本当にわたしのために用意してくださったもの……)

「ありがとうございます……あの、失礼なことを言ってすみません。わたし、両親以外からこんな素敵《すてき》なプレゼントをいただいたのは生まれて初めてで……うれしいです」

「気に入ったなら、よかった」

ブレスレットを両手に載《の》せたまま、じっとそれを見つめるドリスの姿に、セレストはため息まじりに言葉をかけた。

「身に着けないと意味がないだろ。貸せ、着けてやる」

セレストは、ドリスの手のひらからブレスレットを取り上げた。

「右と左……どっちが正しいんだ？　どっちでもいいか」

つぶやきながら、ドリスの右手をそっとつかみ、優しい手つきでブレスレットを手首に着けてくれた。金具を調整し、「きつくないか？」と問いかけられる。

「だ、大丈夫《だいじょうぶ》です。ありがとうございます……」

ドリスの手首を包んでいた大きな手が離れていく。

ささやかで上品な輝きを放つブレスレットを見つめて、ドリスは思わず微笑んだ。

「少しは落ち着いたみたいだな」

「え？」

「その……いろいろあっただろ」

昨夜のパーティーでの出来事や、今朝のひと悶着《もんちゃく》について思い出す。

「は、はい。おかげ様でなんとか」

ふと、セレストの唇が目についてしまい、ドリスはぱっと視線をそらした。

あの時、あやうく死ぬかもしれなかったと思うと背筋が震える。

(もし目の前でわたしが死んでいたら、殿下の夢見が悪くなってしまうわ)

ただでさえ世話になっているのに、これ以上面倒《めんどう》をかけるようなことはしたくない。

「ドリス」

「はい?」

「呪いの件だけど、お前は……何か考えがあるのか? その……心に決めた男がいるとか」

「いいえ。そのようなお相手はまったく」

セレストがほっとしたように息をついたが、ドリスの目にはとまらなかった。

「その件について……実は、殿下にご相談しようと思っていたんです」

「俺に?」

ドリスはこくりとうなずいた。

「大変ぶしつけなお願いだとは思うのですが、恋の仕方……というものを教えていただけないでしょうか?」

「……言っている意味がよくわからないんだが」

逆立ちして塀《へい》の上を歩くアヒルでも見るかのような怪訝《けげん》なまなざしで、セレストはドリスを見つめ返す。

「昨夜のパーティーや、先ほどのお美しい方とのやり取りを拝見していて思ったのです。異性の方とあんなふうに自然と親しくなれる殿下なら、恋をする秘訣《ひけつ》をご存じなのではないかと」

セレストは目元をひきつらせ、心の中で「俺が知るか」とつぶやいたのだが、ドリスに届くはずもなかった。

「お願いします……ユーフェミア様を元のお姿に戻すために」

ドリスは胸の前で両手を組んで、セレストの目をじっと見つめて懇願《こんがん》した。

「……両想いになれるなら、相手は誰でもいいのか？」

「え？　はい」

「……わかった」

質問の意図はよくわからなかったが、ドリスは首肯《しゅこう》した。

「本当ですか⁉」

ドリスは、ぱっと顔を輝かせた。

「ありがとうございます、殿下」

「途中で泣いて逃げ出すなよ」

「ユーフェミア様のためなら、どんな厳しい修業《しゅぎょう》にも耐《た》え抜いてみせます……！」

（どうしよう）

ドリスと別れたセレストは、頭を抱えて歩き出した。

その場の勢いで引き受けたものの、初恋《はつこい》をこじらせた十八歳の青年は他人に教えられる手練手管など何も持っていない。

「本当に、ろくでもない呪いをかけてくれたもんだ……」

地下牢《ろう》に拘留《こうりゅう》されているリプリィに向けて、セレストは恨み節を吐き出した。


「ええと、セレストがドリスに恋愛の講義をするの？　そういう感じになっちゃったんだ……？」

「つい、なりゆきで」

自室へ戻らず、パーシバルの部屋を訪《おとず》れたセレストは、勝手知ったるソファに身体を沈めて天井《てんじょう》を仰いだ。

「我が兄ながら、愚《おろ》かですわね」

パーシバルの膝の上で、白猫のユーフェミアが実の兄を一刀両断した。

「その場で告白して、『俺の女になれよ』くらい言えませんの？」

「無茶言うな！」

セレストは上体を起こして声をあげた。

先ほどの会話ひとつ取っても、ドリスはセレストに対して恋愛感情など毛ほども抱《いだ》いていないのがよくわかる。

性急に想いを告げて玉砕《ぎょくさい》するよりは、ともに過ごす時間を増やすことで距離《きょり》を縮めたほうが良いと考えたのだ。

「ちなみに、講義プランはあるの？」

「ない。これから考える」

セレストはきっぱりと言いきった。

「ていうか、恋だの愛だのって、しようと思ってするものじゃないだろ」

視線の先で羽箒《はねぼうき》のように揺れるユーフェミアの尻尾を無意識に目で追いながら、セレストはぽつりと言った。

「気がついた時には好きになってるんだよ……」

「お兄様……」

ユーフェミアの空色の瞳がきらりと光った。

「聞きまして？　パーシー様、今の聞きまして？」

「音声記録すればよかったね。ドリスに聞かせてあげたいよ」

「お前ら！　絶対やめろ!!」

手（前足？）を取り合うユーフェミアとパーシバルに怒りの声をあげた時だった。


ぽんっ!!


シャンパンボトルの栓《せん》が抜けたような破裂音《はれつ》とともに、白銀色の煙《けむり》が視界を埋《う》めつくした。

「日没《にちぼつ》か……？」

窓の外では、空が紅茶色に染まり、太陽が揺らめきながら地平線へと沈む時分。

魔女リプリィによると、ユーフェミアは夜の間だけ人間の姿に戻るという。

「ユフィ、大丈夫か？」

なかなか晴れない煙に向かって呼びかけると、小さな悲鳴があがったように聞こえた。

「どうした!?」

「おっ、お兄様！　今すぐ目を閉じてくださいな！」

「いいから早く！　わたくしが良いと言うまで開けないでくださいまし！　さもなくば呪い殺しますわよ!!」

姿は見えないものの、声音から妹の剣幕《けんまく》が想像できたので、セレストは素直《すなお》にまぶたを閉じた。

「パーシー様も！　見たら首を絞《し》めてやりますわ!!」

「ごめん、もう見ちゃった……」

「いやああああああっ!!」

パン！　と、何かが何かを打つ音が響いた。

いったい、セレストの見えないところで何が起きているのか。

「ユフィ？　パーシー？　もういいか？」

まるで、かくれんぼの鬼役《おにやく》のように問いかける。

「よ、よろしくてよ！」

セレストがそっと両目を開けると、白銀色の煙はすでに晴れていた。

そして、先ほどまで白猫の姿をしていたユーフェミアは、豊かに波打つ金髪《きんぱつ》が美しい少女の姿へと戻っていた。

ただし、生まれたままの姿で。

顔を真っ赤にして瞳を潤《うる》ませたユーフェミアは、パーシバルの上着を奪《うば》い取《と》ったらしく、素肌《すはだ》の上にまとっていた。ちょうど膝の下まで隠れる長さだった。

上着をはぎ取られたパーシバルは、頬に紅葉《もみじ》のようなかたちの痕《あと》を作って微笑みを浮かべていた。どれだけ強い力で殴《なぐ》られたのか、首の角度が少しおかしい。眼鏡もゆがんでいる。

二人の姿をまじまじと見て、セレストは「明日からは、日没前に毛布でもかぶせておこうか」とつぶやいた。

その夜、ドリスはユーフェミアが元の姿に戻ったという報《しら》せを受けて、彼女の部屋へと向かっていた。

（よかった……って言っていいのかわからないけれど、人間の姿に戻れて安心だわ……）

ユーフェミアに一目会いたくて、自然と早足になってしまう。

「そんなに急がなくても、王女様は逃げないよ」

後ろからついてくるメリンダが苦笑《くしょう》まじりに言った。

「それはそうなのですが……」

言いかけて、ドリスはふと足を止めた。

廊下《ろうか》に、一人の令嬢がたたずんでいた。

静謐《せいひつ》な月光を思わせる長い銀髪に、ドリスは見覚えがあった。

（あの方、昼間の……）

中庭でセレストと一緒にいた婚約者候補の女性。たしか、ロベリアと呼ばれていた。

ロベリアが立っているのは、セレストの部屋の前。

（殿下にご用事かしら？）

ドリスは忍《しの》び足《あし》で近づき、すれ違いざまに「こんばんは」と声をかけた。

「お待ちになって」

呼び止められて、ドリスは振り返った。

間近で目にするロベリアは、息をのむほど美しい女性だった。

髪の毛と同じ銀色の睫毛は雪の結晶《けっしょう》のように繊細《せんさい》で、深い紫色《むらさきいろ》の瞳は優雅《ゆうが》に咲《さ》き誇《ほこ》るスミレの花びらのよう。

ドリスよりも頭半分ほど背が高く、ほっそりとしているが、豊かな胸元《むなもと》と腰まわりのまろやかな線が、ドレスの上からでもよくわかる。

「人違いでしたらごめんなさい。ドリス・ノルマン様……かしら？」

「は、はい」

うなずくと、ロベリアは「ああ、やっぱり」と、両手をぽんと叩いた。

「はじめまして。私《わたくし》、ロベリア・カーライルと申します。セレスト様とはとても親しくさせていただいていますの」

「はじめまして……」

覗き見したので知っています……だなんて、絶対に言えない。ドリスは当《あ》たり障《さわ》りなくやり過ごそうと、慣れない笑みを向けた。

「魔法師団に知人がおりまして、ドリス様のお話を何度か耳にしたことがありますの」

ロベリアは細い首をかしげて、にっこりと微笑んだ。

「セレスト様とは幼い頃《ころ》からのご友人でいらっしゃると。ですから私も、ドリス様とお友達になりたいと思っていましたの」

「はあ……」

「私はいずれ、セレスト様の妻となる身ですので、今のうちから彼のご友人と親しくなっておきたいのですわ」

(婚約者候補の方と聞いていたけれど、正式な婚約がお決まりになっているのかしら?)

ドリスは疑問を抱きつつも、微笑みを返した。

「こちらこそ、ロベリア様と親しくさせていただけましたら光栄です」

「まあ、うれしい。どうぞよろしくお願いしますね」

ロベリアは、しなやかな手でドリスの手を優しく握った。

「あら？　素敵なブレスレットですこと。どちらの職人の作品かしら？」

「ありがとうございます。こちらは……あの、事情がありまして、王太子殿下からいただいたものです」

「セレスト様から？」

ロベリアの声音がほんの少し低くなったことに、ドリスは気づかなかった。

「そう……素敵ですこと」

ドリスの右手首を飾《かざ》る銀のブレスレットを指先でなぞると、ロベリアは笑みをたたえたまま踵《きびす》を返した。

「あの、殿下にご用事だったのでは？」

「今はいらっしゃらないようなの。時間をあらためることにいたしますわ。ごきげんよう」

ドレスの裾をひるがえして、ロベリアは細い靴音《くつおと》をたてて優雅に去っていった。

(綺麗な方……。優雅で、気品にあふれていらして……なんだか緊張してしまったわ)

ドリスが胸に手を当てて、美しい後ろ姿に見惚《みと》れているその時、一方のロベリアは手のひらに爪《つめ》が食い込むほどに拳を握りしめていた。

第3章　王太子殿下の恋愛講座

就寝《しゅうしん》前、ドリスは二通の手紙をしたためた。

一通は故郷の両親へ。もう一通は、屋敷《やしき》の使用人たちへ。

宮廷《きゅうてい》魔法《まほう》師団《しだん》の呪術《じゅじゅつ》研究に協力するため、しばらくの間王宮に滞在《たいざい》することになった旨《むね》と、また会える日までどうか健《すこ》やかに過ごしてほしいという思いを文章にこめた。

本当のことは伝えられない。

自分のせいでユーフェミア王女が猫《ねこ》になってしまった事実を知るのは、当事者であるドリスとユーフェミア、セレスト、パーシバル、そして魔法師団の幹部数名だけ。

封《ふう》をした手紙をメリンダに託《たく》し、ドリスは一冊の本を手に取った。

魔力凍結《まりょくとうけつ》の呪《のろ》いをかけられ、親元を離《はな》れる時に母が贈《おく》ってくれた絵本。王宮に泊《と》まる支度《したく》をする際、荷物に紛《まぎ》れ込んだようだ。

永遠の眠《ねむ》りについてしまう呪いをかけられたお姫《ひめ》様が、王子様のキスで目を覚ますという、どこの国にも語《かた》り継《つ》がれているおとぎ話。

（キスで呪いが解けるなら苦労はしない……なんて言った過去の自分を、ひっぱたいてや

りたいわ）

この日何度目かのため息をこぼす。

せめて、自分がすでに誰《だれ》かに恋《こい》をしていたなら、少しは希望があっただろうに。

絵本のページをめくっていくドリスの脳裏《のうり》に、銀髪《ぎんぱつ》の美しい令嬢《れいじょう》の姿がふと浮《う》かんだ。

ロベリア・カーライル。クレシア国王の従弟《いとこ》にあたるカーライル公爵《こうしゃく》の一人娘《ひとりむすめ》で、歳《とし》はドリスとユーフェミアと同じ十六歳。兄が一人、弟が一人いる。セレストの婚約《こんやく》者候補の一人であると、先ほどメリンダが教えてくれた。

昼間、中庭で見かけたロベリアはとても積極的だった。セレストの心を射止めるために、人知れず努力を重ねているのかもしれない。

仮に、自分が誰かに恋をしたとして、ドリスはロベリアのように相手を振《ふ》り向《む》かせるために行動を起こすことができるのだろうか。

「どうしよう。気が遠くなってきたわ……」

ハードルを越《こ》えた先にまた新たなハードルが待ち構えていると思うと、気が重い。

それに、ドリスが抱《かか》えているのはこれだけではなかった。

（ユーフェミア様の身代わり……。なんて畏《おそ》れ多《おお》い）

猫になってしまったユーフェミアの代わりに、貴族の令嬢たちの中心に立たなければならない。

ユーフェミアから頼《たの》まれれば断る理由などないので、二つ返事で受けたものの、我に返ったら不安とプレッシャーに押しつぶされそうになる。

もしも、お茶会でヘマをしてしまったら、恥《はじ》をかくのはドリスではなくユーフェミアなのだ。

ドリスは、日が沈《しず》んで人間の姿に戻《もど》ったユーフェミアに会いに行った際、身代わりを務めるにあたって必要な所作や言葉遣《ことばづか》いを教えてほしいと願い出た。

(そういえば先ほどのユーフェミア様、ご様子が少しおかしかった気が……。お身体《からだ》の具合がよろしくなかったのかしら)

ユーフェミアは終始、頬《ほお》が赤く、どこか挙動不審《ふしん》な様子だった。

結婚《けっこん》前に婚約者のパーシバルに肌《はだ》を見られてしまったショックで熱を出したことを、ドリスは知らない。

明日から、午前中はユーフェミアによる礼儀《れいぎ》作法の特訓、午後もしくは夜の空いた時間にセレストから恋愛《れんあい》の心得を教えてもらうこととなった。

それに加えて、明日は魔法師団の塔《とう》へ赴《おもむ》いて、ドリスの現在の魔力の状態を詳《くわ》しく調べてもらう予定である。宮廷魔法師団は幼い頃《ころ》からあこがれていたので、塔に足を踏《ふ》み入《い》れるのは楽しみだった。

絵本を最後まで黙読《もくどく》し終えたドリスは本を閉じ、右の手首を持ち上げた。

ささやかな光を放つ銀細工のブレスレット。

ドリスが魔力の暴発に怯《おび》えなくて済むようにと、セレストが魔法をこめてくれた。

「何か……お礼をしなくちゃ」

セレストが喜びそうなもの……。パーシバルかユーフェミアなら知っているだろうか。

翌朝。ドリスは頭の上に分厚い本を三冊載《の》せた状態で、子鹿のように膝《ひざ》を震《ふる》わせていた。

「腰《こし》が引けていますわよ。背筋はまっすぐに！　顎《あご》をもっとお引きなさい！」

ソファに置いたクッションの上で、白猫《しろねこ》のユーフェミアが檄《げき》を飛ばす。

優雅《ゆうが》にまっすぐ歩くための訓練なのだが、バランスを取るのに精一杯《せいいっぱい》で、両腕《りょううで》が無意識に左右へ開いてしまう。飛び立てない鷹《たか》のような姿勢のまま、足も前へ踏み出せない。

「わたくしはそんな不格好なガニ股《また》じゃありませんことよ！」

「は、はい……っ」

ドリスは涙目《なみだめ》で応えるが、身体が思うように動いてくれない。

「先ほどから一歩も進んでいませんわよ。颯爽《さっそう》と歩いてごらんなさい！」

（王宮のご令嬢は皆《みな》、こんなに厳しいレッスンを受けているの？　過酷《かこく》だわ……！）

ドリスは震えるつま先を一歩前へ運んだだけで、すでに息があがってしまった。

「まだまだ！　根性《こんじょう》ですわよ！　ほら、足を動かしなさい！」

「は……い……」

ドリスは額に汗《あせ》を浮かべて、次の一歩を踏み出した。

結局、初日の稽古《けいこ》は三歩進んだだけで終わった。

ようやく解放されたドリスは、全身汗だくの状態でソファに身を沈めた。

「言っておきますが、あなたが習得すべきお作法はまだまだ山のようにありましてよ。お辞儀《じぎ》の角度、美しい笑顔《えがお》の作り方、会話する際の視線の運び方、お茶とお菓子《かし》のいただき方、季節の花にまつわる知識、場にふさわしい話題の選び方など……」

「ユーフェミア様は、それらをすべて習得されているのですね。さすがです」

帳面に書き留めながら、ドリスは感嘆《かんたん》の息をついた。

「ま、まあ……一応は王女ですから」

つんと顔をそらしながらも、ユーフェミアの尻尾《しっぽ》はうれしそうに揺《ゆ》れている。

(よく考えたら、ユーフェミア様から直々にお作法を教わるなんて、これ以上ない幸せなのでは……。呪われていてよかった……いえ、よくないけど)

ドリスの呪いのせいで、ユーフェミアまで巻《ま》き添《ぞ》えを食うかたちで呪われてしまったのだ。この状況《じょうきょう》はけっして喜べるものではない。たとえ、どれだけ幸せだとしても。

「身代わりをお願いしたのはわたくしですし、責任をもってあなたを立派な淑女《しゅくじょ》に育て上げてみせましてよ」

「ありがとうございます。精一杯《せいいっぱい》がんばります」

「二人ともお疲《つか》れ様《さま》。おやつをどうぞー」

メリンダが、トレイに載せたお茶菓子《ちゃがし》を運んできてくれた。

「ありがとうございます、メリンダさん」

「わたくしには、お水をいただけますかしら？」

紅茶やハーブティーなど、人間にとってはリラックス効果のある飲み物でも、猫の身体には有害な成分が含《ふく》まれている。アレルギー反応を懸念《けねん》して、ユーフェミアは猫の姿の時はお茶に口をつけないことにしていた。

「はい、お水どうぞ。それと、お砂糖や木の実の入ってないクッキーもね。これなら食べられると思うよ」

ユーフェミアの前に、水が注がれた白磁の器《うつわ》と、小さなプレーンクッキーを数枚載せた小皿が置かれた。

「お気遣《きづか》いありがとうございます。こちらのクッキーはメリンダ様が作られましたの？」

「いやいや、あたしは料理なんて管轄外《かんかつがい》さ。作ったのは団長だよ。王女様の食生活に不便があっては困るからって、魔法薬の研究ついでに作ったんだってさ」

大柄《おおがら》で無表情で寡黙《かもく》なジャレッドの顔を思い浮かべながら、ドリスとユーフェミアは目の前の一口サイズのクッキーをじっと見た。

「人は見かけによらないですね……」

「あの大きな手から、どうしたらこのような繊細《せんさい》なお菓子が生まれるのかしら……？」

そろって首をひねる二人に、メリンダは笑って言った。

「王女様が喜んでたって、団長に伝えておくねー」

侍女《じじょ》らしからぬ軽い足取りでメリンダが下がると、ドリスとユーフェミアはそれぞれ紅茶と水に口をつけた。

「メリンダ様が、ドリスのお世話係をなさっていますのね」

「はい。有事の際に備えて、団長さんが取り計らってくださいました」

とてもありがたいことだが、メリンダの本来の職務を妨《さまた》げてしまって申しわけなく思う。

「皆様《みなさま》のお手をわずらわせてばかりで……心苦しいです」

「なんだ、気にしなくていいよ。あたしは結構楽しませてもらってるから。侍女服なんて着る機会ないもんねー」

扉の前にひかえていたメリンダはお仕着せのスカートをつまんで、可愛《かわい》らしく首をかしげてみせた。

彼女の明るさと優《やさ》しさに、ドリスは心が少し軽くなった。

「ユーフェミア様も、侍女の方がいらっしゃいますよね？　猫のお姿になってしまって、驚《おどろ》かれたのではありませんか？」

毎朝大騒《おおさわ》ぎになっているのではと、ドリスは心配になって尋《たず》ねた。

「心配無用ですわ。わたくし、基本的な身支度《みじたく》は自分で済ませてしまいますし、部屋にこもっていることが多いので、侍女たちとは滅多《めった》に顔を合わせませんの」

「そ、そういうものなのですか？」

「彼女たちの手を借りるのは、先日のパーティーのように正装する時くらいですわね。ですから、いらぬ気を回してくださらなくて結構ですわよ」

侍女たちの目が届かないのなら、呪われた現状を考えると都合がいいと言える。

でも、身近な人と顔も合わせずに毎日過ごすのは、なんだか寂《さび》しい気がする。

ドリスは、屋敷で留守を預かるメイドの顔を思い浮かべた。毎朝、部屋にズカズカと押し入っては、カーテンを開けろだの朝ごはんをきちんと食べろだの、年下なのに母親のような小言を浴びせてくる。わずらわしいと思う時もあるけれど、ドリスにとっては大切な日常だった。

「わたしが侍女さんだったら、きっと一日に十回はユーフェミア様のお顔を拝見しに行ってしまいます……」

「やめてくださいな、鬱陶《うっとう》しい」

そう言いながら、ユーフェミアはくすくすと笑った。

「王女様、これ、頼まれていたものだよー」

メリンダがテーブルに置いたのは、細かな文字が記載《きさい》された紙の綴《つづ》りだった。

「ありがとうございます、メリンダ様」

ユーフェミアは、前足で紙の綴りに触《ふ》れた。

「ドリス。こちらは、お茶会の参加者の名簿《めいぼ》ですわ。名前と出自、外見の特徴《とくちょう》などをまとめていますので、一通り覚えておいてくださいな」

「は、はい」

ドリスは名簿を手に取り、視線を走らせた。

「あ……ロベリア様もいらっしゃるのですね」

美しい銀髪の令嬢の姿を思い出して、ドリスは思わず頬をゆるませた。

「ロベリアと顔を合わせましたの？」

ユーフェミアは空色の宝玉のような瞳《ひとみ》を光らせた。深い青色の虹彩《こうさい》がきらめく。

「はい。昨夜、お友達になりたいと言われました。殿下《でんか》のお部屋の前で」

「お兄様のお部屋？」

「何か、ご用事があったそうです」

「それは、夜這《よば》いする気でしたのよ。あの女、慎《つつし》みがありませんこと」

ユーフェミアはチッと舌打ちをした。

「よばい……とは？」

「寝込《ねこ》みを襲《おそ》うことですわ」

「あ、暗殺ですか……⁉」

ドリスは思わず身を震わせた。

「違《ちが》いますわよ。寝所《しんじょ》に忍《しの》び込んで誘惑《ゆうわく》することですわ」

「まあ……」

誘惑の詳細《しょうさい》についてはわからないが、ロベリアが積極的な女性だと知り、ドリスは頬を赤らめた。

「ロベリア様は、とても大人な方なのですね……」

「ものは言いようですわね」

ユーフェミアはふんっと鼻を鳴らした。

「あなたが特に注意を払《はら》っておくべき方は……こちらの三名ですわね」

ドリスは、ユーフェミアの指し示した令嬢の名前を読み上げた。

「アシュリー様、クレア様、ジェニー様……。この方たちは？」

「婚約披露《ひろう》パーティーの夜、あなたの魔力を暴発させた女性たちですわ。首謀者《しゅぼうしゃ》はアシュリーですわね。以前、彼女の婚約者の方に想《おも》いを寄せられたことがありまして、それ以来、あからさまに敵意を向けられていますわ。逆恨《さかうら》みもここまで来るとすがすがしいですわね」

「この方たちが……」

ドリスは息をのみ、ふたたび名簿に視線を落とした。

「表立って何かすることはないと思いますが、警戒《けいかい》しておくに越したことはありませんわ」

(あの夜、ユーフェミア様を傷つけようとした人たち……)

無意識に指先が震えて、名簿の紙に皺《しわ》が寄った。

心が焼けそうになる感覚を今でも覚えている。

「ドリス、落ち着きなさい。心を乱したほうの負けですわ」

「ユーフェミア様……」

ドリスの胸《むね》の奥底から濁《にご》った気持ちが湧《わ》きそうになるのを、ユーフェミアの清廉《せいれん》なまなざしが制止する。

ふいに、ドリスの目の前でユーフェミアがテーブルを蹴《け》って跳躍《ちょうやく》した。ローテーブルからソファへ、さらに隣のソファへと、小さな身体をくるくると回転させながら飛び移る。

「えっ、あっ、ユーフェミア様!?　お身体に障《さわ》りますから……!」

困惑するドリスの目の前へと身軽に降り立った白猫は、宝玉のような瞳でこちらを見上げた。

「ご覧のとおり、わたくし、この姿でいる間はまったく身体が苦しくありませんの。走っても跳《と》んでも、なんともありませんのよ」

首をかしげるドリスに、ユーフェミアは言葉を続ける。

「こんな体験は生まれて初めてですの。もちろん、喜んでいい状況ではないことくらい承知していますわ。でも、この姿になったことが、ほんの少しだけうれしく思いますの」

「ユーフェミア様……」

白猫の姿をした王女があまりに健気《けなげ》で、ドリスは目を潤《うる》ませた。

「期間限定だからこそ楽しめるのですわよ。早いところ、呪いを解いてくださいませね」

「はい……！」

おどけた口調で言うユーフェミアに、ドリスは思わず顔をほころばせた。

「ところで、ユーフェミア様。昨晩のお疲れは、もう取れましたか？」

「なんのお話かしら？」

ユーフェミアが不思議そうに瞳を光らせて、こちらを見上げる。

「昨晩は、ご気分がすぐれないご様子でしたので、気になってしまって」

「べっ、べべべ別にっ⁉ なんともありませんことよ？」

「それならよろしいのですが。呪いで姿が変わられた反動で、お身体に影響《えいきょう》が出ていたらと心配しておりました」

ドリスは、パーティーの夜に自分の魔力が暴発した影響から熱を出した。もともと身体の弱いユーフェミアが同じような状態になってしまったらと、気がかりだった。

「お、お気遣い痛み入りますわ！」

ユーフェミアが心の中で「日没《にちぼつ》前には自室に戻ってベッドに潜《もぐ》っておかなくては」とつぶやいたことを、ドリスは知らない。

「休憩《きゅうけい》はここまでですわよ。さあ、お立ちなさい！」

「は、はいっ！」

ドリスは立ち上がり、先ほどと同様に本を頭の上に載せた。

「姿勢が悪いですわ！　表情はもっと美しく！」

「はいぃ……！」

ユーフェミアの厳しい特訓は、このあと二時間に及《およ》んだ。

セレストによる恋愛講座、一日目。開講。

「どうして、お前たちまでここにいる？」

ほんわかとした笑《え》みを浮かべてソファに座るパーシバルと、彼の膝の上にちょこんと乗っているユーフェミア。セレストは、一人と一匹《ぴき》に怪訝《けげん》なまなざしを向けた。

「まあまあ」

パーシバルは片方の手をあげて小さくうなずく。お茶の用意をする侍女がいるため、ユーフェミアは言葉を話さずに本物の猫を演じている。

ドリスが呼ばれたのはセレストの私室で、そこには一足先にパーシバルとユーフェミアがいた。

急遽《きゅうきょ》、追加でパーシバルのためのティーセットと、ユーフェミアには蒸留水を注いだ白磁の器が用意された。

ローテーブルを挟《はさ》んでドリスとセレストが向かい合って座り、二人の間を取り持つ位置にパーシバルとユーフェミアが座っている。

侍女がお茶菓子を並べ終えて部屋を辞したのを確認《かくにん》して、ユーフェミアが口を開いた。

「わたくしたちのことはお気になさらず。空気と思っていただいて結構ですわ」

「空気って……」

明らかに嫌《いや》そうな表情を浮かべるセレストに、パーシバルとユーフェミアは微笑《ほほえ》みを絶やさない。

彼らが胸中で「こんなおもしろそうなもの、見逃《みのが》せるわけがない（ですわ！）」とニヤニヤしていることについては、ドリスは知るよしもない。

（よくわからないけれど、ユーフェミア様もご一緒《いっしょ》できてうれしい……。パーシバル様のお膝の上でおくつろぎになるユーフェミア様、本当にお幸せそう……。甘えていらっしゃるところなど、尊《とうと》みがあふれているわ……あっ、いけない。今日はユーフェミア様ではなく、殿下とのお茶会だったわ）

ドリスは視界に入るユーフェミアの姿に頬がゆるみそうになるのをこらえて、居住まいを正した。

「で、殿下。本日はご指導ご鞭撻《べんたつ》のほど、どうぞよろしくお願いいたします」

「あ……ああ」

深々と頭を下げるドリスに、セレストがうなずく。

一人と一匹が見守る中、呪いを解くための恋愛講座が幕を開けたのだった。

五分後。

（……あれ？　なんで二人とも何も話さないの？）

パーシバルは眼鏡の縁《ふち》を指先で上下させながら、この場を取り巻く異変に首をかしげた。

セレストとドリスは、用意された紅茶に口をつけるでもなく、じっと向かい合っている。

険しい顔をしたセレストと、無表情のドリス。

傍《はた》から見ると、険悪な雰囲気《ふんいき》しか感じられない。ただのにらみ合いである。

（緊張《きんちょう》しているのかな。いや、それにしたって世間話のひとつくらいするよね？　普段《ふだん》みたいに何気ない話題を……って、そういえば、普段はぼくばかりドリスと話してて、セレストは基本何も言ってないじゃないか……！）

パーシバルは、ぎこちない動作でティーカップに手を伸《の》ばした。

――カチャン。

沈黙《ちんもく》のせいで、カップに触れる小さな音さえも部屋じゅうに響《ひび》き渡《わた》る。

セレストとドリスは微動《びどう》だにしない。

（気まずいよ！　息をするのも気を遣《つか》うよ‼）

パーシバルは、たまらず視線を落としてユーフェミアと目を合わせた。

「……ま、まだ始まったばかりですわ」

自分と同じように重苦しい雰囲気を感じ取ったのか、ユーフェミアの声は震えていた。

（き、きっと、セレストには何か考えがあるはず。ここで、ぼくたちが口を出すのはよくないよね。もう少し見守ろう……）

パーシバルとユーフェミアがうなずき合った時だった。

突如《とつじょ》、セレストが目の前のカップを持ち上げ、ぐいっとあおった。

そのまま一気に紅茶を飲み干し、王太子らしからぬ騒《さわ》がしい音をたててカップを置いた。

「お前も飲め」

「は、はい……！」

人を殺しそうな形相でにらみつけるセレストに、ドリスはあわててカップを手に取った。

（いやいやいや、男同士の酒宴《しゅえん》じゃないんだから！　あと顔が怖《こわ》いよ‼）

思わず手で顔を覆《おお》いそうになるパーシバルをよそに、ドリスは健気にこくこくと紅茶を飲み干した。

（ありえない……女性に一気飲みさせるとか、絶対にありえない……！）

「うまいか？」

「は、はい……」

空色の双眸《そうぼう》を細めて問いかけるセレストと、無表情のままうなずくドリス。

パーシバルとユーフェミアは、息をつめて二人の様子を見守り続ける。

「ドリス。恋愛について学ぶにあたって、今日はまず、俺たちの親睦《しんぼく》を深めようと思う」

（…………は？）

パーシバルの銀縁《ぎんぶち》眼鏡がずり落ちた。

（親睦？　今さら？　きみたち十年の付き合いだよね⁉）

パーシバルは口に出して言いたいのをぐっとこらえる。

「わかりました」

素直《すなお》にうなずくドリスの姿に、パーシバルは目を伏《ふ》せた。

（いやいや、わかりましたじゃなくて。そこは突《つ》っ込むところだから。普段は穿《うが》った目でセレストを見てるのに、こんな時に限ってどうして受け入れちゃうかなぁ……？）

頭を抱えるパーシバルの膝の上で、ユーフェミアも身体をわなわなと震わせている。

「信じられませんわ……。お兄様が……あんなクソポンコツだったなんて。五歳児のほうが、もう少し気の利《き》いた会話をしますわよ……」

セレストがドリス相手だとうまく立ち回れないことを知るパーシバルでさえ、あまりの惨状《さんじょう》に言葉も出ないのだ。ユーフェミアの驚きと絶望は計り知れない。

一人と一匹の精神的疲労《ひろう》に気づくはずもなく、セレストは厳《おごそ》かに口を開いた。

「ドリス。お前は……恋をしたことがあるか？」

「恋をまったく知らないので、こうして殿下を頼《たよ》っているのですが……」

セレストの問いかけに、ドリスは困ったように眉尻《まゆじり》を下げた。

（うわあ……ドリス困ってるじゃないか。バカなの？　セレストはバカなのかな⁉）

パーシバルは眼鏡の位置を直しながら、呼吸をととのえた。

「そ、そうだな……人を好きになるのに、大切なものは何かわかるか？」

「知っていたら殿下に聞いていませんし……呪いはとっくに解けているかと」

「そうか……そうだな」

セレストは深くうなずいた。

「恋をするには、まず相手のことを深く知る必要がある」

（ふう……ようやく本題に入れるのかな。長い前フリだった）

パーシバルは、ほっと胸をなで下ろし、ぬるくなった紅茶に口をつけた。

「……好きな食べものは？」

「～～～っ！」

パーシバルは口に含んだ紅茶を噴《ふ》き出しそうになり、必死にこらえた結果、むせた。

「あの……パーシバル様、大丈夫《だいじょうぶ》ですか？」

「だ、大丈夫だよ……どうぞ続けて」

心配そうに声をかけてくるドリスに微笑みかけながら、パーシバルはハンカチで口元を押さえた。

（今時、お見合いでもそんなこと聞かないだろ……!?）

パーシバルは目元をひきつらせてセレストを見るが、当の本人はいたって真剣《しんけん》な表情をしている。

ドリスは口元に指先を添《そ》えて、しばらく考えてから顔を上げた。

「ええと……好きな食べものは、黒スグリのタルトです」

「そうか」

セレストは、なるほどとうなずいた。

「……好きな色は？」

「黒です」

「……好きな花は？」

「黒バラとか、黒アイリスとか、黒チューリップなど……」

「……好きな季節は？」

「冬です。合法的にひきこもれますので」

セレストの問いに、ドリスは一つずつ律儀《りちぎ》に回答する。

「……好きな宝石は？」

「黒真珠《くろしんじゅ》と黒瑪瑙《オニキス》が好きです」

「……好きな本のジャンルは？」

「魔術《まじゅつ》書全般《ぜんぱん》と、幻想怪奇《げんそうかいき》小説でしょうか」

（これ……いつまで続くのかな？　なんだろう……胃が痛くなってきた）

人前ではけっして笑顔を絶やさないパーシバルから、いつしか微笑みが消えていた。

その後も、セレストのドリスへの一問一答は続けられた。

終わる頃には、パーシバルとユーフェミアの疲労は限界を超《こ》えていた。

その夜、ドリスは帳面に羽根ペンを走らせていた。

（恋愛の第一歩は、親睦を深めること）

そう書き込んで、ふと首をかしげた。

（殿下はいろいろと質問をしてくださったけれど、本当に親睦は深まったのかしら……？
わたしは、殿下のことを何も知らないままだわ）

しばしの間、考え込む。

（明日は、わたしから殿下に質問してみようかしら。一方的に相手のことを知るよりは、お互《たが》いを知ったほうがいい気がするわ）

ドリスはペン先をインクに浸《ひた》し、文字を綴りはじめた。

一方のセレストはというと、机に書物を山と積んで読みふけっていた。

王都の若い女性の間で流行《はや》っているという恋愛小説である。

口から砂糖がこぼれ落ちそうなほどに恥《は》ずかしい単語が随所《ずいしょ》に散りばめられており、セレストは冒頭《ぼうとう》の数ページで挫折《ざせつ》しそうになった。

（耐《た》えろ……魔術書だと思って読み込むんだ……）

今日は、ドリスについて今まで知らなかったことをたくさん聞くことができた。以前より距離《きょり》が縮まった気がする。

明日は、今読んでいる恋愛小説に沿って女性の喜びそうなシチュエーションを用意して、もっと心の距離を縮める予定である。

セレストは寝《ね》る間も惜《お》しんで、明け方近くまで読書に没頭《ぼっとう》した。


恋愛講座、二日目。

「あ、あの。今日は、わたしから殿下に質問をさせてください」

セレストの私室を訪《おとず》れたドリスは、開口一番にそう言った。

「恋愛について知るために、いくつか質問を考えてきました」

「あ、ああ……わかった」

いつになく積極的な姿勢のドリスに、セレストは驚きながらもうなずいた。

今日は、パーシバルとユーフェミアの姿はなかった。

少し寂しいと思いつつ、ドリスはワンピースのポケットから帳面を取り出した。

「では……始めさせていただきます」

セレストは、緊張したような面持《おもも》ちでドリスを見つめ返した。

「殿下が女性にキスをしたいと思う瞬間《しゅんかん》は、どんな時ですか？」

「…………え？」

セレストの目が点になった。

沈黙が降りる。

「……すまない。質問の意図が見えないんだが」

「わたしなりに、いろいろと考えたのです。仮に恋をしたとしても、両想《おも》いになるには相手の方に好いてもらう必要があると」

「な、なるほど……？」

セレストは顎に手を当てて、金色の長い睫《まつ》毛《げ》を伏せた。

「男性目線のご意見を殿下におうかがいしたいのです。女性にキスしたくなる瞬間、もしくは場面など教えていただけませんか？」

「ちょ、ちょっと待て……！」

「どうか……なさいましたか？」

見ると、セレストの頬がほんのりと色づいていた。

「仮にも淑女が男に聞くことじゃない……はしたないぞ」

「でも、今こういうことを聞けるのは先生である殿下しかいないので……」

どうしてセレストはこんなに困ったような顔をしているのだろう。

ドリスがじっと見つめていると、セレストは紅茶を一口飲んで、息を吐《は》き出した。

「……好きな相手のことを、愛《いと》しいと思った時だ」

ほんの一瞬《いっしゅん》、セレストのまなざしがやわらかくなったように見えた。

「殿下は、その方とキスをしたのですか？」

セレストは顔をますます赤くして黙り込んでしまった。

「あの……もしかして、聞いてはいけませんでしたか？」

「だ、大丈夫だ……」

あまり大丈夫そうには見えないのだけれど。もしかしたら本当に体調が悪いのかもしれない。

「殿下。ご気分がすぐれないのでしたら、お休みになっては……？」

「いや、ただ考え事をしていただけだ。どうしたらお前に両想いの相手が現れて、呪いが解けるか」

こんなに顔色が悪くなるまで考えてくれているなんて。

「親身になって考えてくださって、ありがとうございます。ちなみに……殿下が女性の方を愛しいと思う瞬間は、どんな時ですか？」

「お前は俺を殺す気か……！」

「え？」

セレストの言葉が聞き取れずに問い返したが、「いや、なんでもない」と言われた。

（殿下が愛しいと思う女性……どのような方なのかしら？）

王宮じゅうの令嬢から好意を寄せられているセレストのことだから、きっと絶世の美女に違いない。

ふいに、ドリスの脳裏にすらりと背の高い銀髪の令嬢の姿が浮かんだ。

（ロベリア様……）

セレストの婚約者候補の公爵令嬢。

（なるほど……。王宮に来てから、お美しいご令嬢をたくさんお見かけしてきたけれど、ロベリア様の美貌《びぼう》と気品はほかの方と一線を画すものがあったわ……。さすが殿下、お目が高い……！）

高貴で美しいロベリアからお友達になりたいと言われたことを思い出し、ドリスは心の中でひそかに幸せを噛《か》みしめた。

（今度お目にかかったら、たくさんお話をさせていただきたい……）

ドリスは、ほうっと息をついた。

「どうした？」

「い、いいえ！　わたしの最推《お》しはユーフェミア様ですから！　けっして浮気《うわき》など……！」

はっと我に返ったドリスは、思わず的はずれなことを口走ってしまった。

「なんの話だ」

セレストは、おかしそうに笑った。

（あ、殿下が笑った……）

セレストがドリスの前で屈託《くったく》のない笑顔を見せるのは、子どもの頃以来だった。

（あの頃と同じ笑顔だわ……なつかしい）

ドリスがじっとセレストの顔を見つめていると、貴重な笑顔がたちまち消《き》え失《う》せる。

「なんだ？」

「あ、いえ……。笑ったお顔が、お可愛らしいなと……」

「……男に『可愛い』は禁句だぞ」

「えっ⁉ そうなのですか？ すみません……勉強不足で」

肩を縮こまらせたドリスだったが、すぐに顔を上げた。

「あの、殿下。異性から言われてうれしいことや、嫌だなと思うこと、もっと教えてくださいませんか？」

「……そう言われても、すぐには思いつかないな」

セレストは虚空《こくう》に視線をさまよわせて考え込む。

「そこをなんとか……！ 実践で失敗したくないのです……」

ドリスは身を乗り出して問いかける。

すると、セレストはドリスと目を合わせて、かたちのよい唇《くちびる》を開いた。

「好きな相手になら何を言われてもうれしいし、愛しいと思う」

「……そういうものなのですか？」

ドリスが求めているのは、そういう答えではないのだけれど。

「お前は？　異性からどんなことを言われたらうれしいんだ？」

「え？」

セレストに問いかけられて、ドリスは藍色《あいいろ》の目を瞬《またた》かせた。

「わからないです……。なにぶん、好きな方がいた経験がないので」

「可愛いとか、綺麗《きれい》とか、言われたらうれしくないか？」

ドリスは数秒の間、首をひねって考え込んだ。

「ユーフェミア様からお言葉をかけられたら、なんでもご褒美《ほうび》だと思います」

「……そういうことじゃないんだが」

セレストは、なんとも言えないような表情でため息をついた。


恋愛講座、三日目。

昨日は、あのあともドリスから思わぬ質問攻めに遭《あ》ってしまったので、セレストは今日こそ、恋愛小説から仕入れた知識を実践《じっせん》に移そうと心に決めた。

二人きりのデートである。

景色の良《い》い場所で紅茶を飲みながら、他愛《たわい》のない話に花を咲《さ》かせ、シュガーポットに触れようとする瞬間に互いの手が重なる。

そして、数秒の間見つめ合う。けっして視線をそらさないこと。

いくら鈍感《どんかん》なドリスでも、熱く見つめられたら少しは自分のことを意識し出すはずだ。

「殿下。今日はどんなことをお勉強するのですか？」

今日の待ち合わせ場所は、王宮の敷地内にあるカフェテラス。ドリスは可愛らしくこちらを見上げて尋ねた。

春から初夏に移り変わる昼下がり、暖かな風がドリスの長い黒髪《くろかみ》を優しく揺らす。暗がりを好むドリス本人は気づいていないが、うららかな日差しを浴びる彼女の髪は晴れた夜空のように深い青みを帯びて、とても美しい。つぶらな藍色の瞳は星を宿したようにきらきらと輝《かがや》いており、ずっと見つめていたくなる。

「そうだな……今朝は何を食べた？」

「今朝は、スコーンとハーブティーをいただきました。それから果物を少々」

「もっとたくさん食べないと、身体によくないぞ」

ごく普通《ふつう》のことを言ったつもりなのに、ドリスは目をぱちくりとさせて、それから口元に手を当てて小さく笑った。

「殿下、なんだかお母様みたいです」

「お、おかしいか？」

「いいえ」

ドリスは首を左右に振った。彼女の黒髪が軽《かろ》やかに踊《おど》る。

ここ数日、ドリスの笑顔を目にする場面が増えたような気がする。

彼女の住まいを訪問した時は、虫でも見るような目つきで、にこりともしなかった。

今は、ぎこちなさはあるものの、少しずつ笑顔を見せるようになった。

二人で向き合って言葉を重ねている結果なのだろうか。

「殿下は、今朝は何を召《め》し上《あ》がったのですか？」

「俺は、今朝は……」

セレストが言いかけたその時、ドリスの手がテーブル中央に置かれているシュガーポットに伸びた。

（今だ！）

セレストは、当初の作戦どおり自分もタイミングを見計らって手を伸ばした。

ドリスの雪のように白く華奢《きやしや》な手に、自分の手が重なる。

「あ……」

小さく声をあげたのはドリスだった。

こちらに視線を向ける彼女に、セレストは熱い視線を注ぐ。

ドリスが目を離せなくなるほどに熱く見つめる。けっして目をそらさずに。

「あの……殿下」

ドリスは、切なげに吐息《といき》を漏《も》らしてセレストに呼びかけた。

（どうだ。少しは意識する気になったか？）

セレストはたしかな手応えを感じて、心の中で拳《こぶし》を握《にぎ》った。

「も、申しわけございません……。畏れ多くも、殿下より先にお砂糖をいただこうなど百年早かったです……。ど、どうぞお先にお使いください……！」

この時のセレストはまったく自覚がなかったが、必死になるあまり、他人には見せられないほどに恐《おそ》ろしい形相でドリスをにらみつけていたのだ。

ドリスは、追《お》い詰《つ》められた野ウサギのように涙目で肩《かた》を震わせていた。

セレストの作戦は失敗に終わった。


恋愛講座、四日目。

前日の反省をふまえて、この日は肩の力を抜《ぬ》いてドリスと接することに決めた。

王宮の図書館からドリスの好きそうな幻想怪奇小説を数冊借りてきたところ、彼女はとてもうれしそうに目を輝かせた。

空想上の蜘蛛《くも》の化け物や、幽霊《ゆうれい》などにまつわる不気味な話は、セレストにとって理解に苦しむところもあったが、自分の好きなものについて熱心に話すドリスの姿が、とても愛おしく思えた。

「今度は、殿下のお好きなものについてお話を聞かせてくださいね」

別れ際《わかぎわ》にドリスからそう言われて、セレストは頬がゆるむのを我慢《がまん》するのに必死だった。


「……で？」

その夜、パーシバルの部屋にて、人間の姿に戻ったユーフェミアが眉間《みけん》に皺を寄せてセレストに問いかけた。

「今日は、ドリスが好きな本についてたくさん話をしてくれたぞ。明日は、俺の好きなもののことを教えてほしいと言われた。一日ずつ、着実に心の距離は縮まっている」

頬を上気させ、セレストは得意げに答えた。

「……で？　お兄様は、いつ、ドリスに告白してキスをしますの？」

「それは……」

明確な答えが出せずに、セレストは視線を泳がせる。

「そんな悠長《ゆうちょう》なことを言っていたら、期限の六十六日など一瞬で迎《むか》えてしまいますのよ！　この調子では何十年かかることか……！」

「ねえ、セレスト」

頭を抱えるユーフェミアの隣《となり》で、パーシバルが口を開いた。

「この数日、セレストならきっとがんばれると信じて、何も言わずに見守っていたよ。でも、もう無理だ。目も当てられない」

パーシバルの顔にいつもの微笑みはなかった。

「ドリスに気持ちを伝える気がないなら、彼女にふさわしい相手を見つけて、多少無理にでも両想いになるようにお膳《ぜん》立《だ》てするべきだと思うよ。セレストは、ドリスを誰にも渡したくないから、飼い殺しみたいな真似《まね》をしているんだろ？」

「飼い殺しなんて、人聞きの悪い……」

セレストは思わず、胸の前で拳を握りしめた。

「忘れていないよね？　最優先はユフィの呪いを解くことだよ」

銀縁眼鏡の奥で、パーシバルの双眸が細められる。

「見ていることしかできない、ぼくの身にもなってほしい」

「……すまない」

セレストが握っていた拳をほどいた時だった。

ユーフェミアが口元を押さえて咳《せ》き込みはじめた。

「ユフィ、大丈夫か？」

背中を丸めて、ユーフェミアは何度もうなずく。

「ご、ごめんなさい……」

「今日はしゃべりすぎたのかもしれないね」

パーシバルが、用意していたストールでユーフェミアの両肩《りょうかた》を包んだ。

「猫の時は……ありえないほど健康体ですのに。悔《くや》しいですわ」

「今夜はもう休んだほうがいい」

パーシバルはユーフェミアの身体を軽々と抱《だ》きかかえた。

「セレスト、ごめんね。ちょっと言いすぎた」

「いや……悪いのは俺だ」

眉尻を下げるセレストにパーシバルはやわらかく微笑みかけ、「おやすみ」と言い残して部屋を出た。

一人残されたセレストは、ふたたびソファに座り込み、しばらくの間考え込んでいた。

翌朝、ドリスとユーフェミアはメリンダに連れられて魔法師団の塔を訪れていた。かけられた呪いがそれぞれの魔力にどのような影響を及ぼしているか、定期的に調べるためである。

ユーフェミアはジャレッドに、ドリスはメリンダに魔力を計測してもらう。

「……うん、異常なし。数値は前回と変わらないね。今後、呪いが解けたら魔力量に変動が出て体調に影響があるかもしれないから、一応、心の準備はしておいてね」

「わかりました。ありがとうございます」

侍女の変装をしているメリンダを見慣れているせいか、魔法師団の制服を身にまとった幹部姿の彼女は、なんだか凛々《りり》しく見える。

「ところで、殿下とのデートって順調なの？」

「デート……とは？」

ドリスが聞き返すと、メリンダは手にしていた問診票《もんしんひょう》を机に置いて小首をかしげた。

「違うの？　ここ何日か、殿下と二人で過ごしてるでしょ？　男女が二人きりでお茶したら、それはもう立派なデートだよ」

「えっ、そうなのですか⁉」

初耳である。

「し、知らなかった……。恋をする前に殿方《とのがた》とデートをしてしまったなんて……」

「デートから始まる恋なんて山ほどあるんだから、問題ないよ」

「そういうものなのですか……？　浮気などには該当《がいとう》しませんか……？」

ドリスがおそるおそる尋ねると、メリンダは声をあげて笑った。

「おもしろいこと言うねー。まだ誰とも付き合ってないなら浮気じゃないよ」

「よ、よかったです……」

ドリスは、ほっと息を吐き出した。

「今日もこれから殿下とデートなんでしょ？　がんばりなよ」

「デートかどうかわかりませんが……恋について学んでまいります」

今日は、世間一般の男性が好みそうな娯楽や、言われたらうれしい言葉などを教えてもらう予定である。

恋愛講座も今日で五日目になるが、ドリスは自分でも知らないうちにセレストと顔を合わせるのが楽しみになっていた。

はじめは不安と緊張でいっぱいだったけれど、少しずつ会話を重ねることで、これまで知らなかったセレストの一面を垣間見《かいまみ》られるのが楽しいと思えてきたのだ。

今日はどんな話を聞かせてもらえるのかと、ひそかに胸を躍《おど》らせた。

魔法師団の塔をあとにしたドリスは、白猫のユーフェミアを胸に抱えて王宮の回廊《かいろう》を歩いていた。侍女の衣装《いしょう》に着替《きが》えたメリンダも一緒である。

ユーフェミアの身代わりで出席するお茶会が間近にひかえているので、歩行練習もかねて散歩をすることになった。

「へえ、ずいぶん姿勢がよくなってきたね。足の運び方も綺麗だよ」

メリンダが感心したふうに言った。

「ありがとうございます。ユーフェミア様のご指導のおかげです」

「それほどでもありますわ」

ドリスの腕《うで》の中で、ユーフェミアが得意げにピンク色の鼻を上向けた。

しばらく歩いていると、遠くから男性のかけ声が複数、聞こえてきた。

「あれは……？」

ドリスが足を止めてそちらへ顔を向けると、メリンダが「ああ」と反応した。

「魔法師団の剣術《けんじゅつ》訓練場だよ。黒竜《こくりゅう》隊が稽古をしてるんだ」

宮廷魔法師団は、大きく二つの隊に分けられており、魔法の力量や知識に特化した「白《はく》竜《りゅう》隊」と、剣術を駆使《くし》して王宮や城下町の警護にあたる「黒竜隊」がある。

隊に竜の名前が冠《かん》されているのは、太古の昔、クレシア王国は竜に守護されていたという伝説の名残《なごり》である。

「よかったら、見学していかない？」

メリンダが向こうを指差して提案した。

「ユーフェミア様、よろしいでしょうか？」

「よろしくてよ。まいりましょう」

ドリスが承諾《しょうだく》を求めると、ユーフェミアは鷹揚《おうよう》にうなずいた。

メリンダの先導で、ドリスは回廊を抜けて屋外に出た。

王城の裏手に位置する、石畳《いしだたみ》を敷《し》き詰めた広々とした空間では、藍色の制服姿の団員たちが剣術の訓練に励《はげ》んでいた。

威勢《いせい》の良いかけ声とともに、木製の剣《けん》のぶつかり合う音が響き渡る。

「実戦では剣に魔力をこめて魔法剣にして戦うんだけど、稽古は基本、魔法ナシの模擬《もぎ》戦なんだ。だから、純粋《じゅんすい》に剣術の腕が問われるんだよ」

「メリンダさんも、剣を扱《あつか》われるのですか？」

「ううん、あたしは白竜隊。剣術は苦手でさ。昔は黒竜隊にも女性がいたんだけど、今はみんな白竜隊所属だよ」

たしかに、ドリスと同じような背格好のメリンダには、剣は重いだろう。

「ちなみに、メリンダ様は白竜隊の隊長ですわ。そして、双方《そうほう》の隊を取り仕切っているのがジャレッド団長ですわよ」

すぐそばに人がいないことを確認しながら、ユーフェミアが補足説明をした。

「ええっ⁉」

驚きの声をあげるドリスに、メリンダは顎に手を添えてニヤリと笑った。

「前に言ったじゃん。こう見えても偉《えら》い人だよーって」

「そこまで偉い方だったとは知りませんでした……」

ドリスは茫然《ぼうぜん》とつぶやいた。とんでもなく偉い人に、毎日身の回りの世話をしてもらっていると思ったら、申しわけなさのあまり背筋が震えた。

「あら、お兄様もいらっしゃるのね」

ユーフェミアの言葉に、ドリスは訓練場にふたたび視線を向けた。

藍色の制服をまとう男性たちの中に、一人だけ異なる服装の人物がいた。

陽光を照り返すあざやかな金色の髪が、ひときわ目立つ。

「殿下、最近忙《いそが》しくてあまり稽古に参加できてないって言ってたけど、腕は鈍《にぶ》っていないみたいだね」

メリンダの言葉どおり、セレストは携《たずさ》えた剣を振るい、向かってくる男性たちを次から次へと薙《な》ぎ払っていく。

一切《いっさい》の無駄《むだ》がない美しい動きに、ドリスは目をみはった。

「すごい……」

思わず漏《も》れ出たため息に、ユーフェミアが「そうでしょう？」と自慢《じまん》げに言う。

「あれ？　メリンダ隊長、何してるんスかー？」

「なになに？　メイドコスプレ？」

「白竜隊の新しい制服ですか？」

通りかかった制服姿の年若い青年たちが声をかけてきた。

ユーフェミアは、瞬時《しゅんじ》に普通の猫のふりをする。

「仕事だよ、仕事。あっち行きな」

メリンダが手を振って追い払おうとするが、青年たちはドリスの存在に目をとめた。

「誰？　かわいー」

「初めて見る顔だよね？」

「メリンダ隊長のお知り合いですか？」

あっという間に囲まれたドリスは、白猫を腕に抱えたままお辞儀をした。

「は、はじめまして。ドリス・ノルマンと申します」

「はじめまして。おれはカイル。きみ可愛いね。今晩空いてる？」

ドリスより一つか二つ年上と思われる、顔立ちの整った青年が顔を覗《のぞ》き込んでささやきかけてきた。

「今夜ですか？　特に予定はありませんが……」

「ここで会えたのも何かの縁《えん》だ。お茶でもどう？」

出逢《であ》って五秒で誘《さそ》いをかけるカイルに、メリンダは顔をしかめた。

「ちょっと、うちの子にちょっかい出さないでくれる？」

「わたしはかまいませんが……」

ドリスがそう言うと、カイルはうれしそうに微笑んだ。

「決まりだ。それじゃあ今夜、中庭で待ち合わせよう」

「わかりました」

「またあとでね、ドリス」

　カイルたちが訓練場へ歩いていく姿を見送っていると、ユーフェミアとメリンダに詰め寄られた。

「あなた、何を考えていますの⁉」

「びっくりしたよ。あんなにあっさりナンパされちゃうなんて！」

「え？　え？」

　ドリスは目をぱちくりとさせる。

「わたし、いけないことをしましたか？」

　恋をするには異性と知り合うのがまっとうな方法だと思ったのだけれど、間違っていたのだろうか。

　ドリスが戸惑《とまど》っていると、ユーフェミアが口を開いた。

「呪いを解くためという観点では、交友関係を広げるのはよいことだと思いますわ。ただ……お兄様がなんとおっしゃるか」

　ユーフェミアは、訓練場で剣を交えるセレストに視線を向けた。

　ドリスは、はっと目を見開いた。

「そ、そうですね。殿下には恋愛のお稽古でお世話になっていますし、ご報告はしておくべきですよね……」

「いえ、そうではありませんのよ……」

ユーフェミアの言葉の意図がわからずに首をかしげていると、向こうからセレストが歩いてくるのが見えた。

「お前たち、来ていたのか」

「ご、ごきげんよう。殿下」

ドリスは淑女の礼をとった。

セレストは何人も相手に剣を振るっていたはずなのに、呼吸がまったく乱れていない。

「先ほどの試合、拝見しておりました。殿下があんなにお強いとは、知らなかったです」

「いや、まだまだだ。ここ最近は、なかなか訓練に参加できていなかったからな。身体が思うように動かない」

ドリスの賛辞に驕《おご》ることなく、セレストは自分の未熟さについて口にした。

「つい今しがた黒竜隊の方たちとお会いしましたが、皆さん朗《ほが》らかで楽しい方ですね」

先ほど声をかけてきた青年たちの話題を出した途端《とたん》、セレストの顔つきが険しくなった。

「……誰に声をかけられた？」

「ええと、カイルさんとおっしゃる方です。ほかのお二人は、お名前を聞きそびれてしまいましたが。それで今夜、カイルさんとお会いする約束をしました。恋の実践、がんばります！」

「は⁉」

突然《とつぜん》セレストが大きな声をあげたので、ドリスは驚いて身を引いた。

「あの……やはり、いけないことでしたか？」

できれば、何がよくないのか具体的に教えてほしい。

「殿下……？」

ドリスは、おそるおそる呼びかける。

「……ドリス」

「は、はい⁉」

セレストは、手にしていた木製の剣を持ち上げた。

「今からカイルと手合わせをする。俺が勝ったら、あいつの誘いを断れ」

「え……？」

「お前が関わっていいのは、俺以上に強いやつだけだ。いいな？」

「え？　あの……」

セレストはドリスの返答を待たずに踵《きびす》を返《かえ》し、早足で訓練場へ戻っていった。

「カイル！　剣を取れ！」

「え？　おれですか⁉」

そんなやり取りが聞こえたかと思うと、瞬《まばた》きをする間もなく決着がついて、セレストはふたたびこちらへ歩いてきた。

「で、殿下の勝ち……ですね？」

「俺が代わりに、あいつに断っておいた」

「えっ⁉　せっかくカイルさんが誘ってくださったのに……」

「それから、もうひとつ」

　セレストは、人差し指を立てて言った。

「今日から、俺のことは名前で呼べ」

「……え？」

　思いもかけない言葉に、ドリスは瞬きを繰《く》り返した。

「そ、そそそんな、滅相《めっそう》もない！　子どもの頃は許されたかもしれませんが……今はそのような無礼をはたらくなどできません……！」

　ドリスは力いっぱい首を左右に振った。

「俺がそうしてほしいと言っているんだ。それとも何か？　あいつのことは名前で呼べて、俺のことは呼べないっていうのか？」

　セレストは、先ほど打ち負かしたカイルを親指で示した。

「ええと……あの、そういうわけでは」

　青い顔で困り果てるドリスに、セレストは駄目《だめ》押しのように顔を近づけた。

「名前で呼んでほしい」

「は……はい。セ、セレスト様……」

ドリスが震える声で名前を口にすると、セレストはふっと目元をなごませた。

「わ、わたし……不敬罪で罰《ばっ》せられませんか？　大丈夫ですか……？」

「そんなわけないだろう……うれしい」

両手で頬を覆うドリスに、セレストは笑いながら言った。

いつの間にかドリスの腕の中から抜け出してメリンダの足元へ移動していたユーフェミアは、誰にも聞こえないようにつぶやいた。

「やればできるじゃありませんの」


「ああ……、なんてお美しい……！」

姿見の前に立ったドリスは、鏡の中の自分にうっとりと見入っていた。

鏡に映っているのは、豊かに波打つ金髪《きんぱつ》と澄《す》んだ空色の瞳をした麗《うるわ》しの姫君《ひめぎみ》。

ドリスはこの日、メリンダの変身魔法によってユーフェミアに姿を変えていた。

ユーフェミアから身代わりを頼まれているお茶会の日である。

「どうかな？　ちゃんと王女様に見えてる？」

メリンダが尋ねると、白猫のユーフェミアは「よろしくてよ」とうなずいた。

「ねえ、ドリス。ついて行かなくて本当に大丈夫？」

「メリンダさんは魔法師団の幹部でいらっしゃいますから、侍女に変装していたとしてもわかる方にはわかってしまうと思いますので」

お茶会に参加する令嬢たちは皆、高い魔力を秘めた魔法使いなのだ。魔法師団の者と顔見知りの可能性がある。

「メリンダ様、わたくしがついておりますわ。ご心配なさらずに」

ユーフェミアが得意げに銀色の髭《ひげ》を揺らすが、メリンダは不安そうな面持ちである。

「とりあえず、あたしは別室から遠隔《えんかく》魔法で監視《かんし》させてもらうよ。何かあったらすぐに駆《か》けつけるからね」

「よろしくお願いいたします」

ドリスは薄桃色《うすももいろ》のチュールを重ねたドレスをつまみ、優雅に礼をした。

「おお、いい感じだね」

「特訓の賜物《たまもの》ですわ」

数日にわたる特訓の甲斐《かい》あって、ドリスの立ち居振る舞《ま》いと礼儀作法は、ユーフェミアから及第《きゅうだい》点をもらえるまでに成長していた。

「手と足が一緒に動いてたのが嘘《うそ》みたいだね。すごいよ！」

「ユーフェミア様が根気強くご指導くださったおかげです」

王女の姿で、ドリスは可愛らしく優雅にはにかんだ。

「特訓といえば、王太子殿下とやってるやつ……なんだっけ、恋愛の修業《しゅぎょう》？　あっちは順調なの？」

「順調……かどうかはわかりませんが、セレスト様が親身になっていろいろと教えてくださいます」

結局、恋をするための手順などはまだまだ勉強中で、ドリス自身どう動くべきなのか決めかねている。

でも、知っているようで何も知らなかったセレストの一面を少しずつ知ることができて、なんだか楽しい。

（楽しいだけではだめなのだけど。ユーフェミア様の呪いには期限があるのだから）

会場となるサロンの近くまでメリンダにつき添ってもらい、ドリスはユーフェミアを抱きかかえて歩いて移動した。

赤い絨毯《じゅうたん》の敷かれた廊下《ろうか》を曲がると、今日の戦場へつながる扉《とびら》がある。

ドリスは一旦《いったん》足を止めて、呼吸を整えた。

「この先は、わたくしは言葉を封じます。ただの飼い猫として扱ってくださいませね」

「はい」

ユーフェミアの身体をぎゅっと抱きしめ、ドリスは顎を引く。ふたたび歩き出すと、視線の先に真っ白な扉が見えた。

女官に到着《とうちゃく》を告げ、扉が開くのを待つ。

「ユーフェミア王女殿下の御成《おな》りです」

開けられた扉の向こうから、いくつもの甘い香りが同時にただよってきた。

花、化粧品《けしょうひん》、香水《こうすい》、それから焼き菓子《がし》の香り。

サロンは白色を基調とした可愛らしい調度品が並べられており、中庭に面した大窓から射《さ》し込む陽光が、清らかな色をさらに際立《きわだ》たせている。

整然と並べられた長椅子《ながいす》には、ドレス姿の年若い令嬢たちが並んで座り、紅茶と焼き菓子を楽しんでいる様子だった。

ユーフェミア王女の到着に、令嬢たちはおしゃべりをぴたりと止めてこちらへ注目する。

（今のわたしは、ユーフェミア王女殿下）

ドリスは一瞬まぶたを閉じて自分の心に言い聞かせると、そっと目を開けた。

およそ二十人の令嬢がじっとこちらを見ている。

（ああ……お美しい女性がこんなにたくさん。まさしく楽園だわ……！）

きりっと閉じた唇の端《はし》から、興奮のあまり吐息が漏れ出そうになる。

（耐えるのよ、ドリス……。ユーフェミア様は美しいご令嬢たちを前にしても動じないの

だから)

こちらを見つめる令嬢を一人一人じっくりと観察したい衝動《しょうどう》を理性で抑《おさ》えながら、ドリスは優雅な足取りで進んでいく。

「皆様、ごきげんよう。遅《おく》れて申しわけございません。楽しんでいらっしゃいますこと?」

凛《りん》とした声で語りかけると、令嬢たちは口々に「ごきげんよう、王女殿下」と挨拶《あいさつ》を返してくれた。

ドリスは白猫のユーフェミアを大事に抱えて、ゆったりとした足取りで令嬢たちの間を通り抜けていく。彼女たちの中に、ロベリアの顔もあった。

そのほかにも、ドリスの記憶《きおく》にある顔ぶれを見つけた。

婚約披露パーティーの夜に、ユーフェミアに魔法での嫌がらせを画策していた三人の令嬢である。彼女たちは何食わぬ笑顔で「ごきげんよう」と手を振っていた。あの夜とはまるで別人のようだった。

ドリスは転ばないように注意を払いながら最奥《さいおう》の席へたどり着き、白猫を膝に抱えて腰を下ろした。

誰よりも早くこちらへやってきたのは、ロベリアだった。

「ごきげんよう、ユーフェミア様。ご一緒してもよろしいでしょうか?」

「ええ、喜んで」

ドリスが笑顔で迎え入れると、ロベリアはうれしそうに隣に座った。

「本日の紅茶はお気に召しましたかしら？　東方の秋摘《つ》みの茶葉を取り寄せましたのよ」

「もちろんですわ。しっかりとした焙煎《ばいせん》で円熟した味わいが素晴《すば》らしいと、皆様とお話をしていたところでしたの。私《わたくし》は、ミルクとジンジャーを少々入れたものが好みですわ」

「楽しんでいただけているようで何よりですわ」

事前にユーフェミアから紅茶についての知識を教わっておいてよかった。ドリスは内心、ほっと胸をなで下ろした。

「ユーフェミア様。あらためまして、このたびはご婚約おめでとうございます」

「ありがとうございます、ロベリア様」

「お式のご予定はもうお決まりですの？」

「まだ日取りは決まっておりませんが、夏の予定ですわ」

結婚式《けっこんしき》の話題も、事前にユーフェミアと打ち合わせをしておいてよかった。

ドリスは内心で冷や汗を浮かべつつ、王女の姿で笑顔を保つ。

「ところで、セレスト様はお元気でいらっしゃるのでしょうか？」

「お兄様？　いつもとお変わりないはずですが、どうかされまして？」

問い返すと、ロベリアは月明かりのような美しい銀髪に触れ、物憂《ものう》げなため息をついた。

「ここ何日か、セレスト様にお会いできていないのです。ご多忙《たぼう》のようで」

ドリスは必死に笑顔を保ちながら、心の中で「すみません、わたしのせいです」と土下座した。

ここ数日のセレストといえば、通常の公務のほかに、魔法師団の塔で呪術の研究、剣術の訓練、ドリスへの恋愛指南。夜は自室にこもって翌日の予習をしているため、婚約者候補の令嬢たちと会う時間はほとんどないのだ。

（申しわけありません、ロベリア様……！）

呪いが解けるまでの間、彼女に寂しい思いをさせてしまうと思うと、とても心苦しい。

「ユーフェミア様。セレスト様をお見かけしましたら、ロベリアが寂しがっていますとお伝えいただけますか？」

「もちろんですわ」

「ありがとうございます、ユーフェミア様」

ロベリアはたおやかな笑みを浮かべて礼を言うと、「長居してはいけませんわね」と元の席へと戻っていった。

彼女とすれ違いで、ほかの令嬢たちが順番に挨拶にやってきた。ドリスは、全員の名前を覚えきれなかったことを申しわけなく思いつつ、心の中で「バレませんように」と祈《いの》りながら愛想笑《あいそわら》いを駆使して乗り切った。

そして、彼女たちの番がやってきた。

あの夜の令嬢たち。三人の名前は、アシュリー、クレア、ジェニー。

「ごきげんよう、ユーフェミア王女殿下。本日も素晴らしいお茶会にお招きいただき、ありがとうございます」

ユーフェミアを侮辱《ぶじょく》したリーダー格の令嬢――アシュリーが、代表して挨拶を述べた。

「皆様、ごきげんよう。どうぞ楽しんでいってくださいませね」

あの夜に抱《いだ》いた怒《いか》りが、ドリスの胸にじわじわとよみがえる。

彼女たちは、どんな気持ちでユーフェミアに笑顔を向けているのだろう。

どうして、笑っていられるのだろう。

無意識に握りしめてしまった拳を、白猫のふさふさとした尻尾が叩《たた》いた。

（いけない。今のわたしはドリスじゃない。ユーフェミア様なのよ）

ドリスは気をひきしめ、麗しく上品な笑みを浮かべる。

「王女殿下の今後のご幸福を、心よりお祈り申し上げます」

「ありがとうございます」

形式にのっとった祝辞を述べ、アシュリーたちが去っていくと思ったその時。

「ユーフェミア王女殿下」

アシュリーが、周囲には聞こえないようにひかえめな声音《こわね》で呼びかけた。

「本当に、うらやましい限りですわ。どれだけ心根がゆがんでいらしても、外面《そとづら》さえよろしければ殿方を漁《あさ》り放題ですものね」

「……っ」

ドリスは小さく息をのんだ。

「その可愛らしいお顔で迫《せま》られたら、それはもう……他人の婚約者の一人や二人、落ちてしまいますわよね」

「あの……」

それは言いがかりだと反論しようとするドリスの腕の中で、白猫のユーフェミアが「にゃあ」と鳴いた。こらえろと言っているのだ。

アシュリーは悪意をこめた笑顔と声で、なおも続ける。

「でも、お気をつけくださいませ。因果応報と言いますでしょう？　王女殿下の大切な婚約者が、ほかの誰かに寝取《ねと》られてしまわないように。せいぜいがんばって、つなぎとめておくことですわ」

（この人……パーシバル様に何かするつもりでは……？）

ドリスは、自分がユーフェミアの姿でいることを忘れて、アシュリーをにらんだ。

「おやめなさい、ドリス」

そして、ユーフェミアもまた、自分が猫であることを忘れて言葉を発してしまった。

幸い、アシュリーの耳にユーフェミアの声は届かなかった。

「…………」

ドリスは目を閉じて、小さく深呼吸をした。

（アシュリー様……この方の心を濁らせてしまったのは、いったい何……？）

数拍《はく》の間を置いて、ドリスはまぶたを開けた。

澄んだ空の色をしたユーフェミアの瞳で、まっすぐにアシュリーを見つめる。

「な、なんですの……？」

突然目つきの変わった王女に、アシュリーはうろたえた。

ドリスは一歩近づき、アシュリーの頬にそっと触れた。

「あなたは……その方を心から愛していたのですね」

「な……っ」

アシュリーの頬が赤く染まり、瞳が揺れた。

（この前、セレスト様からお借りした小説と似ているわ……）

ヒロインを陥れて恋人を略奪しようとするライバル令嬢。しかし、彼女は相手の男性に心から恋い焦がれていた。

好きな人を想う一途な心と、振り向いてもらえない悲しさ、嫉妬心。

「愛していたからこそ、苦しくて、忘れられなくて、つらいのですよね……？」

「あ、あなたなんかに……、ただ立っているだけで殿方が群がるようなお綺麗な方に、私の気持ちがわかってたまるものですか！」

突然の大声に、周りの令嬢たちが驚いてこちらへ視線を投げかけてくる。

「アシュリー様は、とてもお可愛らしいですよ」

ドリスは、ユーフェミアの姿をしていることをすっかり忘れて、普段の口調で返した。

「なっ……？」

「あなたの魅力に気づかない殿方なんて忘れて、ほかの恋を探しましょう。あなたにこんな悲しい顔をさせない、素敵な方を見つけるんです」

「そ、そんな方なんているわけが……」

「いいえ」

ドリスはアシュリーの手を握って、彼女を見上げた。ユーフェミアの美しい宝玉のような瞳で微笑みかける。

「今みたいに、ご自分の心を素直に、ありのままに見せられるお相手を……一緒に探しましょう。わたしもがんばりますから」

「え？　がんばるって、何を……？」

困惑の表情を浮かべるアシュリーだったが、ユーフェミアから可愛らしく「ね？」と微笑みかけられれば次の言葉を失ってしまったようで、頬を染めてうなずいた。

「あの……ユーフェミア王女殿下。数々のご無礼、どうかお許しくださいませ……！」

アシュリーは、目に涙を浮かべて深くお辞儀をした。

「許すなど、とんでもありません。アシュリー様の幸せを心からお祈りいたします」

ドリスが微笑みかけると、緊張の面持ちで見守っていた令嬢たちが安堵の息をついた。

（ユーフェミア様とパーシバル様に危害が及ぶ心配はなさそうね……よかった）

アシュリーが席へ戻るのを見送りながら、ドリスはほっと胸をなで下ろした。

（でも……恋をするって、素敵なことばかりではないのね）

時には心を蝕《むしば》み、人を傷つける刃となってしまう。

「上出来でしたわ、ドリス」

白猫のユーフェミアが、軽い身のこなしでドリスの腕の中に飛び込んできた。

「だ、大丈夫でしたか？　わたし、失礼なことを言ってしまったのでは……」

小声で返すと、ユーフェミアは空色のつぶらな瞳を見開いてささやいた。

「なかなか核心をついていましたわよ。ありのままに素直な心でいることが、恋を引き寄せるのですわ」

この日のお茶会を機に、ユーフェミアの隠れファンの令嬢が増えたことをドリスたちは知らない。

第4章　芽生えた想いと恋の罠

王宮西側に位置する魔法師団《まほうしだん》の塔《とう》。

部外者の立ち入りを禁じられている石造りの建物の地下、光の届かない場所には不似合いなドレス姿の令嬢《れいじょう》がいた。月明かりを紡《つむ》いだように美しい銀髪《ぎんぱつ》は、蝋燭《ろうそく》の赤い炎《ほのお》に照らされて淡《あわ》い紫色《むらさきいろ》の光を帯びている。

銀髪の令嬢は、赤銅《しゃくどう》色の香炉《こうろ》を捧《ささ》げ持って通路を進んでいく。背後では、見張りの団員が座り込んで寝息《ねいき》を立てている。香にこめられた催眠《さいみん》魔法の効果である。

彼女は、一番奥の房《ぼう》の前で立ち止まった。

「ごきげんよう」

「……どちら様？」

鉄格子《てつごうし》の向こうで、簡素なベッドに寝《ね》そべっていた人影《ひとかげ》が起き上がる。

「私《わたくし》、ロベリア・カーライルと申します。お初にお目にかかりますわ。魔女《まじょ》リプリィ……いいえ、リプリィ・メレディス様」

「その名は捨てたよ。とっくの昔に家も絶えた。きみ、よく知ってるね」

リプリィはベッドに腰《こし》かけ、「わざわざ調べたの？」と続けた。

「ええ。魔法師団の過去の記録をこっそりと閲覧《えつらん》させていただきました。私は、あなた様のように惨《みじ》めな生き方はしたくありませんので、お勉強をさせていただいておりますの。時の王太子殿下《でんか》に捨てられた憐《あわ》れなご令嬢、リプリィ様」

リプリィの首元を覆《おお》い隠《かく》していた黒髪《くろかみ》が、さらりとこぼれ落ちて、赤いリコリスの刻印があらわになった。

「あなた様にお尋《たず》ねしたいことがございます」

ロベリアは、たおやかながらも底知れないものを秘めた微笑《ほほえ》みを浮《う》かべた。


夜明け前の寝室《しんしつ》、広々とした天蓋《てんがい》の内側で、コルクの栓《せん》が弾《はじ》け飛ぶような音が響《ひび》いた。

それまでふくらんでいた羽根布団《ぶとん》がしぼみ、中から白猫《しろねこ》が顔を出す。

ユーフェミアは紗幕《しゃまく》の隙間《すきま》から外の様子をうかがう。カーテンの向こうはまだ暗く、空が白む気配すらない。

「…………」

日々、数分ずつではあるが、猫の姿でいる時間が長くなっている。

ユーフェミアは軽い身のこなしでベッドから飛び降り、続き間の扉《とびら》に歩み寄る。

侍女《じじょ》たちの気配がないことを確認《かくにん》してから、音をたてないように扉を開けて小さな身体《からだ》を滑《すべ》り込ませた。

小さな歩幅《ほはば》で無人の廊下《ろうか》を駆《か》け、目的の部屋の前へとたどり着いた。

その時ちょうど部屋の中から侍女が出てきたので、ユーフェミアは気づかれないように素早《すばや》く扉の隙間に潜《もぐ》り込んだ。暗い部屋の中を移動し、寝室へ続く扉を開ける。

部屋の主はベッドで静かな寝息をたてていた。サイドテーブルには手入れの行き届いた銀縁《ぎんぶち》眼鏡が置かれている。

ユーフェミアは床《ゆか》を蹴《け》ってベッドに飛び乗り、その人の枕元《まくらもと》で身体を丸くした。

「……ユフィ？」

「ごめんなさい。起こしてしまいましたわね」

暗がりの中、パーシバルはわずかに目を開けて手を伸《の》ばしてきた。長くしなやかな指先がユーフェミアの首を優《やさ》しくなでる。

「おいで、ユフィ」

まだ結婚《けっこん》もしていないのに異性とベッドをともにするなど、本当ならふしだらでみっともない行為《こうい》。

でも、今のユーフェミアは猫なのだ。いついかなる時も、好きな人に甘えられるのが猫の特権。

パーシバルが布団《ふとん》を持ち上げてできた隙間にユーフェミアはするりと入り込んで、彼の肩口《かたぐち》に顔をうずめた。温かくて安心する。

それから朝日が昇《のぼ》るまで、一人と一匹《ぴき》は互《たが》いに身を寄せ合って眠《ねむ》った。


恋愛《れんあい》講座の六日目は、王宮の敷地《しきち》内にある馬場《ばば》で、セレストと一緒《いっしょ》に馬に乗せてもらった。馬の二人乗りは男女の交流の定番なのだとセレストが言った。

七日目は、ドリスが慣れない乗馬で全身筋肉痛に襲《おそ》われたため、セレストが本をたくさん抱《かか》えて部屋へ来てくれた。今流行《はや》りの恋愛小説について解説され、ドリスも読んでみたいと思ったので一冊貸してもらった。

八日目は、前日にセレストから借りた恋愛小説の感想を伝えた。物語に対する解釈《かいしゃく》が二人それぞれ異なっており、ああでもないこうでもないと、議論が白熱した。

九日目は、異性への贈《おく》りものの選び方について教えてもらった。何気ない会話の中で、さりげなく相手の好みを聞き出すのがポイントらしい。

「ちなみに、セレスト様だったら何を贈られたらうれしいですか？」

「そうだな……相手の心がこもったものなら、なんでもうれしいと思う」

「あまり参考にならないような……」

「悪かったな」

「ところで、セレスト様のお好きな色は？」

「白……かな」

「お好きな花は？」

「バラだ」

「なるほど」

うなずくドリスに、セレストは不可解なまなざしを向けてきた。

「なんだよ、突然《とつぜん》。リサーチの練習か？」

「そ、そんなところです」


恋愛講座、十日目。

「これを……俺に？」

ドリスは、綺麗《きれい》に折りたたんだ淡い水色のハンカチをセレストに手渡《てわた》した。

この日の待ち合わせ場所は、王城の西側に位置する庭園だった。

大広間に面した南側の中庭に比べると日当たりがよくなく、咲《さ》く花も小さくひかえめなものが多いため、人の訪《おとず》れが少ない。

しかし、そこかしこにめずらしい薬草が生育しており、今日は一緒に植物を観察することになった。同じものを見て感想を共有することも、恋愛に必要なのだとセレストが教えてくれた。

庭園の奥、瀟洒《しょうしゃ》な東屋《あずまや》に設《しつら》えられた白木のベンチに二人は並んで座っていた。

「いただいたブレスレットのお礼です。受け取っていただけますか？」

「昨日の不自然なリサーチは、このためか？」

「バレてしまいましたか」

ドリスが小さく笑うと、セレストは肩をすくめた。

セレストは差し出されたハンカチを受け取り、しげしげと見つめた。

「……これ、一晩で仕上げたのか？」

「はい。長年のひきこもり生活のおかげで、インドアな趣味《しゅみ》はほぼ網羅《もうら》しています」

淡い空色のハンカチには、白い刺繍《ししゅう》糸で三本のバラが描《えが》かれている。

白は滅多《めった》に扱《あつか》わない色なので、刺《さ》しはじめは勘《かん》がつかめずに苦労したけれど、仕上がりは満足のいくものになった。セレストの高潔で清廉《せいれん》な雰囲気《ふんいき》と調和するよう、一針一針に心をこめて刺した。

「綺麗だな」

セレストの長い指先が白バラの刺繍を優しくなぞる。ドリスは、自分の心の中をなでられたような心地《ここち》になって、くすぐったさを覚えた。

「ありがとう」

「ど、どういたしまして……」

「大事にする」

「いえ、それほど大層なものではありませんので……」

「昨日、言っただろ。心がこもっているものならなんでもうれしいって。だから、今すごくうれしい」

セレストが、ふっと優しく笑ったので、ドリスは思わず顔をうつむけた。

どうしたことか、頰《ほお》が熱い。まぶたも、指先も、唇《くちびる》も、じわじわと熱を帯びていく。

（なに、これ……？　わたし……どこか変だわ）

顔を上げられずに拳《こぶし》を握《にぎ》りしめていると、セレストがドリスの顔を覗《のぞ》き込んできた。

「どうした？　気分でも悪いのか？」

「きゃっ！」

あまりの近さに驚《おどろ》いてしまい、ドリスはベンチから腰を浮かせた。その拍子《ひょうし》に、バランスを崩《くず》して東屋の石畳《いしだたみ》に倒《たお》れ込みそうになった。

「あっ……！」

「大丈夫《だいじょうぶ》か？」

気がつくと、石畳に膝《ひざ》をついたセレストがドリスの身体を正面から抱《だ》きとめていた。

「相変わらず鈍《どん》くさいな、お前は」

「すみません……」

いつものように憎《にく》まれ口《ぐち》を叩《たた》かれているはずなのに、声の響きが甘く優しいせいか、頭の奥がしびれるように熱い。

セレストの力強い手に腰と背中を支えられているドリスは、彼の胸に頬を押しつけるような体勢になっていた。セレストの上着から、香水《こうすい》と思われるほのかに甘いバニラの匂《にお》いがした。

（は、早く離《はな》れなくちゃ……）

ドリスはセレストの腕《うで》の中から抜《ぬ》け出《だ》そうとするが、身動きが取れない。

「あの、セレスト様……もう大丈夫ですから」

懇願《こんがん》するように言いながら顔を上げると、目の前にセレストの端麗《たんれい》な顔があった。

（ち、近い……！）

日の光を集めたような澄《す》んだ空色の瞳《ひとみ》が、じっと覗き込んでくる。

見つめられるのが恥《は》ずかしくなったドリスは、思わず視線を下にずらした。すると今度は薄紅《うすべに》色をした形のよい唇が視界に入ってきた。

（ひえっ！）

ドリスは、両目をぎゅっと閉じた。

（わ、わたし今……何を想像したの？）

心臓がどくどくと鳴り出して、頰に熱が集まってくる。

ほんの一瞬《いっしゅん》だけ、ドリスはセレストの唇に触《ふ》れられることを思い描いてしまった。

（どうして……？　なんで、こんな……）

まぶたを閉じたまま何も言えずにいるドリスに、セレストが声をかけてきた。

「疲《つか》れたなら、今日はもう戻《もど》るか？　薬草の観察はまた今度にしよう」

気遣《きづか》わしげなセレストの声に、ドリスはほっとして顔を上げた。

ちょうどその時。ぽつ、ぽつ、と雨粒《あまつぶ》が落ちてきた。

つい先ほどまで青空が広がっていたのに、いつの間にか灰色の厚い雲が天井《てんじょう》のように空を覆っていた。

「立てるか？」

「は、はい……」

セレストはドリスの腕を支えて立たせ、ベンチに座らせた。

隣《となり》に座るセレストを見ることができず、ドリスはうつむいていた。

（わたし……どうして、あんな変なことを考えちゃったのかしら？）

ドリスは、膝の上でワンピースの布地を握りしめた。

庭園の緑を濡《ぬ》らす雨は一向にやむ様子がなく、次第《しだい》に雨脚《あまあし》は強くなっていった。

「雨、やまないな」

「そうですね……」

時間が経《た》つにつれて、ぬるかった空気が少しずつ冷えていき、ドリスは無意識に肩を縮こまらせていた。

（寒い……。セレスト様は大丈夫かしら？）

横目でちらりと覗き見ると、セレストは平然とした様子だった。

（よかった。わたしに付き合ったせいで風邪《かぜ》を引いたら申しわけないもの）

もともと日の光が届きにくい場所のせいか、寒さで手足がどんどん冷えていく。

「……くしゅんっ」

平然を装《よそお》っていたドリスだったが、くしゃみには勝てなかった。

「寒いのか？」

「い、いいえ。ちっとも！」

こちらを見たセレストが、驚いたように目を見開いた。

「嘘《うそ》つけ！　思いきり顔色が悪いぞ！」

「顔色の悪さは生まれつきで……っくしゅん！」

笑ってごまかそうとしたものの、またもくしゃみに阻《はば》まれた。

「気づかなくて悪かった。これ、着てろよ」

ふわり、とドリスの肩にセレストの上着がかけられた。

「い、いけません！　セレスト様が風邪を引いてしまいます……！」

「俺は鍛《きた》えているからいいんだよ。お前は虚弱《きょじゃく》で貧弱《ひんじゃく》なんだから、温かくしておけ」

「……ありがとうございます」

セレストの上着は見た目よりずっと大きくて、ドリスの華奢《きゃしゃ》な身体を腰の下まで覆い隠した。

（ぶかぶかの服……。なんだかお父様みたい）

クレシア王国北部に位置するノルマン伯爵《はくしゃく》家の領地は、冬の間は深い雪に閉ざされる。厳しい寒さに震《ふる》える幼いドリスに、父はよく自分の上着をかけてくれた。まだ小さかったドリスは全身をすっぽりと包み込むぬくもりがうれしくて、上着の裾《すそ》を引きずりながら雪の上を駆け回っていた。

（なつかしい……）

ドリスは上着の襟元《えりもと》をぎゅっと引き寄せて、故郷の思い出にひたっていた。

「まだ寒いか？」

「い、いいえ。父のことを思い出していました。小さい頃《ころ》、こんなふうに上着をかけてもらったことがあって。なんだか、なつかしくなっちゃいました」

気恥《きは》ずかしさから、ドリスは照《て》れ隠しで微笑みを浮かべた。

「ご両親とは連絡《れんらく》を取っているのか？」

「はい。よく手紙を送ってくれますし、毎年、夏に屋敷《やしき》へ会いに来てくれます」

「そうか」

セレストは、安堵《あんど》したような表情でうなずいた。

「父の服もそうでしたけれど、セレスト様の服も大きいですね。わたしが隠れちゃうくらい、ぶかぶかです」

ドリスは、肩からずり落ちそうな上着を手で押さえながら言った。

「こうしていると、お父様に抱っこされているみたい……なんて。すみません、おかしなことを言って」

「いや……気にするな。別におかしくない」

セレストはそう言って、ドリスから視線をはずした。頰がほのかに赤い。

しばらくの間、降り続く雨をじっと眺《なが》めていると、隣でセレストが小さなくしゃみをした。

「セレスト様？」

ドリスが隣を見ると、セレストの肩がわずかに震えていた。

「な、なんでもない」

セレストはそう言うが、周囲の空気は初夏とは思えないほど冷えている。吐《は》く息もわずかに白い。

ドリスは、セレストの膝の上に置かれている彼の手にそっと触れた。

「お、おい⁉」

「やっぱり寒いんですね。こんなに冷たくなってます」

セレストはきっと、自分が寒いのを我慢《がまん》してドリスに上着を貸してくれたのだ。

「ごめんなさい。わたし、全然気づけなくて……」

「寒くないって言っただろ」

反論するセレストの手を、ドリスは両手でぎゅっと握った。

「なっ……！」

「こうすれば、少しは温まると思います！」

セレストの手はドリスのそれよりずっと大きくて、両手で包み込んでも足りないほど。

見た目はユリの花のように美しくしなやかな彼の手は、実際に触れると骨ばっていて、ところどころに小さな傷痕《きずあと》があった。剣術《けんじゅつ》の訓練か、魔法の研究でできたものだろうか。

「お前な……」

「はい？」

聞き返すと、セレストは呆《あき》れたように言葉を吐き出した。

「こういうことは、好きな男にだけするものだ」

「え？　いけませんでしたか？」

驚いて目をぱちくりさせていると、ドリスの手がセレストに握り返された。

「好きでもない男に触れるな。勘違《かんちが》いされて襲われるぞ」

「おそわれる……？」

ドリスの脳裏《のうり》に浮かんだのは、野ウサギが猛禽《もうきん》類に襲撃《しゅうげき》される光景だったのだが、セレストはそれを見透《みす》かしたかのようにため息をついた。

「こういうことだ」

ぐっと手を引き寄せられ、気がついた時にはドリスの身体はセレストの腕の中に閉じ込められていた。

「え？　あの……？」

セレストの胸に頬を押しつけるかたちになったドリスは、くぐもった声をあげる。

ドリスの耳元に、セレストの唇が寄せられた。

「恋愛講座の補習だ。よく聞け」

「は、はい……？」

ようやく落ち着いてきたドリスの心臓が、ふたたび騒《さわ》ぎ出した。

（まただわ。なんなの、これ……？）

ドリスは身動きもできず、唇を引き結んだ。

セレストの手がドリスの黒髪をなでる。

「お前はもう少し、自分が可愛《かわい》いという自覚を持て」

「……言っている意味がわからないです」

このまま抱きしめられていたら、頭がどうにかなってしまいそうだった。

頬に触れられ、顔を上向けさせられる。

「変な男にキスでもされて、死んだらどうする気だ？」

「う……」

もっともな言い分に、ドリスは何も言い返すことができない。

（その前に、緊張《きんちょう》で今まさに死にそうなのですが……！）

身体を包み込んでくる香水の匂いとセレストの甘い声。少し前だったら、同じ状況《じょうきょう》でもなんとも思わなかった。

魔力《まりょく》が暴発してユーフェミアが猫になってしまった日だって、不可抗力《ふかこうりょく》でセレストに押し倒されたけれど何も感じなかった。

（セレスト様から恋愛講座を受けている影響《えいきょう》なのかしら……？）

ドリスは、セレストの視線から逃《に》げるように顔を下に向けた。

「なんだか寒いな」

セレストは台詞《せりふ》めいた口調で言うと、ドリスの身体をふたたび強く抱きしめた。

「雨がやむまで、上着の代わりになれ」

「え……っ、上着でしたらお返ししますが」

「それだと、お前が寒いだろ。二人で温まらないと意味がない」

「そんな……！」

心臓の音が騒がしい。

耳に響いてくる心臓の音はセレストのものだったが、それに気づくことができないほどにドリスは緊張していた。

このままでは本当に身が持たない。ドリスは早く雨がやみますようにと天に祈《いの》った。

夕方、部屋に戻ったドリスは帳面を開いて羽根ペンを手にしたまま、ぼんやりと虚空《こくう》を見つめていた。

今日の恋愛講座の記録をしたためようとしているのに、頭が働かなくてペンが動かない。

（ええと……今日は、薬草の観察をする予定だったけれど雨天により延期、と……）

ドリスは文字を綴《つづ》ろうと、震えるペン先を紙に押しつけた。

――バキッ。

力を入れすぎて、ペン先が折れてしまった。

「ううっ……」

ドリスは力なく羽根ペンを卓上《たくじょう》に置くと、椅子《いす》から降りてテーブルの下に潜り込んだ。膝を抱えてじっとしていても心は落ち着いてくれず、メリンダが部屋へ入ってきて「何してんの⁉」と驚きの声をあげるまで、ドリスは石のようにその場から動かなかった。

その夜、ドリスはメリンダとともに、セレストから借りた上着を返すために彼の部屋を訪れた。遅《おそ》い時間だったので、上着を渡してすぐに自室へ戻るつもりでいた。

ところが、セレストは今、来客中とのことだった。

「かしこまりました。それでは、日をあらためてうかがいます」

「よろしいのですか？　お待ちいただけましたら、お取り次ぎいたしますが」

何度か顔を合わせているうちに仲良くなった侍女はそう言ってくれたが、ドリスは急ぎの用件ではないからと、丁重《ていちょう》に断った。

ユーフェミアから叩き込まれた所作で、優雅《ゆうが》に礼をして立ち去ろうとした時だった。

「……セレスト様」

部屋の中から女性の声が聞こえた。

（この声は……ロベリア様？）

セレストの婚約《こんやく》者候補の公爵《こうしゃく》令嬢。彼女は先日も夜にセレストの部屋を訪れていた。

（これはもしかして、ユーフェミア様の言っていた夜這《よば》いというもの……？）

ドリスは、夜遅くに部屋を訪問するロベリアと、それを受け入れるセレストの姿を想像して、頬を赤く染めた。ユーフェミアからいろいろと話を聞くうちに、漠然《ばくぜん》とした知識は頭に入っていた。

（そ、そうよね。ロベリア様は、セレスト様の未来の奥方《おくがた》になるとおっしゃっていたし……夜を一緒に過ごされて当然よね……）

自分に言い聞かせるように思考をめぐらせるドリスだったが、胸《むね》の奥はもやもやして落ち着かない。

「あの、ドリス様。やはり、殿下にお声がけをいたしましょうか？」

侍女の声に、ドリスは顔を上げた。

「い、いいえ。失礼いたしました。わたしはこれで」

今一度、礼をしてドリスは今度こそ、その場を辞した。

セレストとロベリアは、グラスに満たした赤紫色《あかむらさきいろ》の果実水を口にしていた。

「私《わたくし》はもう子どもではありませんのよ。お酒をご用意してくださってもよろしかったのに」

「いけませんよ、ロベリア嬢《じょう》。貴女《あなた》はまだ成人していない」

クレシア王国の成人は十八歳。社交界に出ていても、年齢《ねんれい》の満たない者は飲酒を許されていない。

「セレスト様は本当に真面目ですこと」

ロベリアは拗《す》ねたように口を尖《とが》らせ、グラスの果実水を飲み干した。

「セレスト様と夜を過ごせるのなら、果実水でも酔《よ》ってしまいそうですわ」

「ロベリア嬢。そろそろ、大事なお話とやらをお聞かせいただけますか？」

セレストは対外用の笑《え》みを浮かべて問いかけた。

「こんな時間に男の部屋へ来るほど、切羽詰《せっぱつ》まったご用事なのでしょう？」

するとロベリアは、スミレ色の目を細めてグラスを置いた。

「先日、妹君のお茶会にご招待をいただきましたの。とても有意義で楽しいひとときでしたわ」

「それは何よりです」

そんなどうでもいい話をするためだけに、夜更《よふ》けにここへやってきたとは考えにくい。

セレストは、ロベリアの次の言葉を待った。

「あのお茶会以来、ユーフェミア様のお姿をお見かけしないのですが、おかげんがよろしくないのでしょうか？」

「ええ。妹は身体が弱いもので」

昼間は猫の姿でそのあたりをうろついている……とは言えない。

「そうでしたの。次回のお茶会では、お目にかかれますかしら？」

「妹はお茶会を楽しみにしていますから、必ず出席しますよ」

その日までに呪《のろ》いが解けなければ、またドリスに身代わりを頼《たの》むことになるのだが……。

「ところで、ユーフェミア様は猫を飼いはじめましたの？」

「さあ？　妹とはなかなか顔を合わせる機会がないので、それらしい話は聞いていませんが。婚約者のパーシバルのほうが詳《くわ》しく知っているかと」

セレストは動揺《どうよう》が顔に出ないよう努めて、笑顔《えがお》で聞き返した。

「先日、ユーフェミア様がとても可愛らしい白猫を抱いていらっしゃいましたの」

ロベリアは意味ありげな笑みを浮かべ、グラスを掲《かか》げた。

「どこからやってきた子なのかしらと、気になっておりまして」


前日の雨の名残《なごり》で、土の匂いを含《ふく》んだ風が吹《ふ》き抜ける午後。

礼儀《れいぎ》作法のレッスンと昼食を終えたドリスは、白猫のユーフェミアとメリンダとともに王宮の廊下を歩いていた。昨晩、返しそびれた上着を返すためにセレストの部屋へ向かっているところである。

今日は、セレストの公務が立て込んでいるため恋愛講座は休講になった。部屋に不在の場合は、侍女に上着を預かってもらおうと考えた。昨晩の時点でそうすればよかったのに、あの時は気が動転して逃げ出してしまった。

「……ねえ、ドリス。今日は調子でも悪いの？　顔色がよくないし、歩き方も操《あやつ》り人形みたいに硬《かた》いよ」

「午前中のレッスンも、うわの空でしたわ。具合が悪いならきちんと言いなさいな」

「そういえば昨夜《ゆうべ》、テーブルの下で丸まってたけど……何かあった？」

一人と一匹に言われて、ドリスはぴたりと足を止めた。

周囲に人がいないのを確認して、口を開く。

「あ、あの……もしかしたらわたし、病気かもしれません」

「病気？」

ユーフェミアが聞き返す。

「昨日からずっと、心臓のあたりが痛くて、息苦しくて、頭も痛くなってきて……」

「風邪？　昨日ちょっと寒かったもんね。雨のせいで」

「雨⁉」

メリンダの言葉に動揺したドリスは、うわずった声をあげた。

「ど、どうしたの？」

「いいえ。その……雨は、困りますよね」

ドリスは不自然に視線をさまよわせながら、持っていた上着を胸に抱きしめた。

すると、ユーフェミアの尻尾《しっぽ》がピンと上へ向いた。

「あなた、お兄様と何かありましたわね？」

「な、何もないです！」

反射的に大きな声をあげた次の瞬間《しゅんかん》、ドリスの脳裏に昨日の光景が浮かんだ。

雨の音、冷たい空気、上着の匂い、セレストの体温と甘い声。

忘れようとしても、頭の中から消えてくれない。

思い出したら、また顔が熱くなってきた。

「その上着が何よりの証拠《しょうこ》ですわよ。あのケチなお兄様が他人に自分の私物を貸すなんて、よほどのことですわ。わたくしにはペンの一本も貸してくれませんのに」

「いや、それは王女様が殿下から借りたものを片《かた》っ端《ぱし》から失《な》くしたり壊《こわ》したりするからじゃない？」

「ぐっ……」

メリンダに図星をつかれたユーフェミアは言葉に詰まり、わざとらしく咳払《せきばら》いをした。

「それはさておき、話を聞かせてもらいましょうか」

ドリスはユーフェミアに詰め寄《よ》られ、昨日の出来事を包《つつ》み隠さず話した。

一通り話し終えると、ユーフェミアとメリンダは歓喜《かんき》の声をあげた。

「やりましたわ！　やりましたわね、ドリス！」

「うれしいような、寂《さび》しいような……お姉さんは複雑な気分だよ。ついにドリスが恋《こい》を知ったか……」

「え？　え？　それってどういう……？」

わけがわからず戸惑《とまど》っているところへ、誰《だれ》かの足音が近づいてくるのが聞こえた。

ユーフェミアは瞬時《しゅんじ》に人の言葉を話すのをやめ、ドリスの足元にすり寄って本物の猫を演じる。

姿を見せたのは、ロベリアだった。

「ごきげんよう、ドリス様」

「ロベリア様、ごきげんよう」

普段《ふだん》のドリスだったら、心の中で「ああ、今日もお美しい……！」とロベリアの美貌《びぼう》と神々《こうごう》しさを愛《め》でているところだが、今はぎこちない微笑みを浮かべるのが精一杯《せいいっぱい》だった。

「先日はユーフェミア様のお茶会にいらしていなかったようだけれど、ご気分でもすぐれなかったのかしら？」

まさか、ユーフェミアの身代わりとしてその場にいたとは言えない。

「はい。出席したかったのですが……風邪を引いてしまいまして」

「そう。お大事にね」

「ありがとうございます」

ドリスがお辞儀《じぎ》をすると、ロベリアは優雅に微笑みを返した。

「あら、そちらの猫……ユーフェミア様の飼い猫ではありませんこと？」

ロベリアは、ドリスの足元で尻尾を揺《ゆ》らす白猫に視線を向けた。

（あっ……）

ドリスは思わず目を泳がせてしまった。

「きょ、今日は、ユーフェミア様のご気分がすぐれないとのことで、わたしがお預かりしています……」

「そうでしたの？　ユーフェミア様は特定のご友人をお作りにならないと思っていたけれど、私《わたくし》の勘違いだったのかしら？」

「さ、さあ……？」

ドリスはこの場をしのごうと、懸命《けんめい》に笑みを浮かべた。

（どうしよう。もしかして、わたしがユーフェミア様の身代わりだったことがバレたのかしら……？）

ほんの数秒の沈黙《ちんもく》が気まずい。

やがてロベリアは、一歩近づいてドリスの顔を覗き込んだ。

「私とも、ユーフェミア様のように仲良くしてくださる？」

「も、もちろんです！」

ドリスは内心で安堵した。身代わりの件を勘づかれているわけではないようだ。

「私、ドリス様のことをもっとたくさん知りたいの」

ふいに、ロベリアの視線がドリスの持つ上着に注がれた。

「ドリス様、それは？」

「セレスト様の上着を……昨日、お借りしたので、今から返しに行くところです」

「……そう」

ロベリアの銀色の眉《まゆ》がわずかに動いたが、ドリスは気づかなかった。

「セレスト様は、とてもお友達思いでいらっしゃるのね」

「は、はい……。いつも親切にしていただいています」

「セレスト様は誰にでもお優しいから、私は心配ですわ」

長身のロベリアは身をかがめ、ドリスと視線を合わせた。

「あなたのように可愛らしい方と親しくしていると、私、妬《や》いてしまいそう」

「……っ」

ドリスは、胸の奥でざわつくものをかき回されるような心地になって、息をのんだ。

「でも、大丈夫よね。ドリス様は、セレスト様のお友達なのですものね？」

「は、はい……」

ドリスが答えると、ロベリアは華《はな》やかな笑みを浮かべた。

「よかった。ごめんなさいね、私ったら心配性《しょう》で。セレスト様のお気持ちがほかの方《かた》へ向いてしまったらどうしようかと、朝も夜も毎日、気が気ではありませんの」

ふふっ、と微笑むロベリアの髪《かみ》から甘い香りがただよってきた。

(この香り……)

セレストのつけていた香水とよく似た、バニラのような香りだった。

ドリスはふと、昨夜の出来事を思い起こした。

この香りはきっと、ロベリアがセレストと夜を過ごした証《あかし》。

「これからも、良《い》いお友達として、セレスト様とお付き合いなさってね」

「……はい」

ドリスがうなずくと、ロベリアは満足げに目を細めた。

「それでは、また。ごきげんよう」

「ご、ごきげんよう……」

ロベリアは豪奢《ごうしゃ》なドレスの裾をひるがえして、細い靴音《くつおと》を鳴らしながら優雅な足取りで去っていった。

彼女の足音が聞こえなくなるのを待って、ユーフェミアが真っ白な毛を逆立てた。

「あの女、どういうつもりですの？　感じ悪いですわ！」

「女同士のマウントって初めて見たよ。怖《こわ》いねー」

尻尾を上向けて怒《いか》りをあらわにするユーフェミアと、肩をすくめるメリンダ。

「ドリス。気にすることはありませんわよ。あなたはガンガンお行きなさい！」

「どこへ……ですか？」

ドリスが聞き返すと、ユーフェミアは苛立《いらだ》たしげに前足で床を叩いた。

「お兄様に告白なさいという意味ですわ！　あなた、お兄様のことが好きなのでしょう？」

「そ、そんなこと……！」

「あなた、この期に及《およ》んでまだそんな……」

「違うんです……好きだなんて……」

言《い》い募《つの》るユーフェミアに、ドリスは首を左右に振《ふ》った。

「セレスト様は……お友達というか、恋愛の先生ですから」

自分に言い聞かせるようにつぶやくドリスの声は、震えていた。

ドリスは、セレストの部屋の前に一人で立っていた。

ここに来る途中《とちゅう》で、ユーフェミアが「二人でお行きなさい。そしてケジメをつけてくることですわ」と言い残し、メリンダを連れてどこかへ行ってしまった。

ドリスは何度か深呼吸をして、扉を叩いた。

侍女に取り次いでもらい、部屋の中へ通される。

「ごきげんよう、セレスト様」

ドリスは、出迎《でむか》えてくれたセレストに笑顔で淑女《しゅくじょ》の礼をとった。口角がひきつっているのが自分でもわかる。

「すまない。今日は立て込んでいて、あまり時間が取れなくて……何かあったか？」

「い、いいえ。いつもどおりです！」

首を横に振るドリスを、セレストはじっと見つめた。

「何か困ったことがあったら、すぐに言えよ。俺に言いにくかったら……メリンダさんに伝えたらいい」

「いつもお気遣いをありがとうございます。わたしは、セレスト様や皆様《みなさま》のおかげで、呪いに怯《おび》えることなく過ごさせていただいています。十分すぎるほどに幸せです」

「それなら、よかった」

王宮に来てから毎日セレストと顔を合わせているせいか、彼の表情が日に日にやわらかくなっていくのが見てとれた。以前のドリスがセレストに対して身構えていたのと同様に、彼もまた緊張していたのかもしれない。

セレストにうながされて、ドリスはソファに腰を下ろした。丁寧《ていねい》に折りたたんだ上着をそっと差し出す。

「こちら、お借りしていた上着です。ありがとうございました」

「ああ……わざわざ悪いな」

セレストは受け取った上着をかたわらに置き、上着の内側から一通の封書《ふうしょ》を取り出した。

「ドリス。これを」

「お手紙……？　わたしにですか？」

「招待状だ」

「パーシバル様とユーフェミア様の結婚式《けっこんしき》は、まだ先だと聞いていますが」

ドリスが視線を上向けると、セレストはゆるく首を振った。

「三日後に夜会を開く。お前のための夜会だ」

「わたしのため……？」

「お前はずっとひきこもっていて、社交界に出ていないだろ。この機会にお披露目《ひろめ》をしてみないか？　ご両親……ノルマン伯爵夫妻には、すでに許可をいただいている」

思いもかけない提案に、ドリスは驚いて言葉が出てこなかった。

王宮に張られた結界とセレストがくれたブレスレットのおかげで、魔力が暴発する危険性はきわめて低いものの、自分のような日陰《ひかげ》の者が人前に出ていいのだろうか。

「そんなに格式ばった催《もよお》しじゃない。若い世代の王侯《おうこう》貴族を招いて、皆が気軽に楽しめるような夜会にするつもりだ」

「そうなのですね。ご迷惑《めいわく》でなければ、ぜひ参加させてください」

ドリスはそう言って、差し出された招待状を受け取った。

ひきこもっていた頃の自分なら、「社交界なんてとんでもない！」と言って部屋の隅《すみ》に隠れていただろう。

セレストとの恋愛講座や、ユーフェミアの身代わりのお茶会など、たくさんの経験を重ねてきたおかげで、ドリスはいつの間にか人前に出ることへの抵抗《ていこう》が少なくなっていた。

招待状をじっと見るドリスを、セレストは優しげな表情で見つめていた。

「この夜会が、お前の呪いを解く助けになればいいと思う」

「あ……」

連日、セレストと会っている本来の目的を思い出す。

ドリスが誰かと恋に落ちて、キスをして、呪いを解くため。

まだ見ぬ恋人《こいびと》との出会いの場として、この夜会が催されるのだ。

「セレスト様には本当に、たくさん親切にしていただいて……うれしいです」

呪いをかけられ、ひきこもり生活を始めた十年前は、こんなふうにセレストと楽しく話せる日が来るなんて思ってもみなかった。

「お前のエスコートは、俺にさせてくれるか？」

ふいに、ドリスの脳裏にロベリアの微笑みが浮かんだ。

せっかく友達になれたのだ。たとえ講座でも、彼女を傷つけるようなことはできない。

「それは、いけません」

「俺のエスコートは、嫌《いや》か？」

「そうではなくて……」

ドリスは目を伏《ふ》せて、小さく息を吸って、吐き出した。

そして、ドリスは顔を上げてまっすぐにセレストを見た。

「わたし、この夜会でがんばって恋のお相手を見つけます」

「ドリス、そのことだが……」

セレストは、どこか戸惑ったような顔でうなずいた。

「つきましては、恋愛講座を今日で卒業させていただきます」

「………え？」

セレストは目を見開き、茫然《ぼうぜん》と聞き返した。

「恋愛について何も知らないわたしに、セレスト様は恋をするために必要なことを教えてくださいました。それを活《い》かす機会が与《あた》えられたということは、今が巣立ちの時だと思うんです」

「ま、待て、ドリス……あのな」

セレストは何か言おうとしたが、ドリスは聞いていなかった。

「わたしがこの夜会で一人前の恋をすることが、セレスト様への恩返しだと思います」

「………」

ドリスの突然の卒業宣言に、セレストは言葉も出ないほど驚いている様子だった。

「セレスト様も、どうかロベリア様と幸せになってくださいね」

「え？　どうしてロベリア嬢が……？」

「今まで大変お世話になりました」

戸惑う様子のセレストに、ドリスは深々とお辞儀をした。

「では、夜会でお会いしましょう……ごきげんよう」

ドリスは背筋を伸ばして立ち上がり、ワンピースの裾をひるがえして部屋の扉へと歩き出した。

開かれた扉をくぐる瞬間、セレストの呼ぶ声が聞こえた気がしたけれど、ドリスは振り向かずに足を進めた。

何を言っているんだ、こいつは。

突然の卒業宣言に、セレストは反応が一瞬遅《おく》れた。

夜の色をしたスカートをひるがえして、ドリスはセレストに背を向けて歩き出した。

「ドリス、待て……！」

「殿下、お時間です。そろそろお支度《したく》を」

部屋の奥にひかえていた別の侍女が言った。

「あ、ああ……」

これから夜まで続く公務の予定を頭の中で反復しながら、セレストは額に手を当てた。

(どうしてこうなった……？　ロベリア嬢がなんだっていうんだ？)

セレストの描いていたプランは、夜会でドリスをエスコートしてその場で想《おも》いを告げるというものだった。そのうえで、ドリスの心がこちらへ向かないのであれば、気持ちを切《き》り替《か》えて彼女にふさわしい相手を探そうと考えていた。

ところが、肝心《かんじん》のドリスはセレストが気持ちを伝える前に、自分のもとを去ってしまった。

やるせない思いを抱えたまま、セレストは身支度《みじたく》をととのえはじめた。

夜会の招待状を握りしめて、ドリスは自分の部屋へ向かって歩いていた。

ようやく呪いを解くための一歩を踏《ふ》み出せるのだと、すがすがしい気持ちで足を進める。

（夜会までに礼儀作法のおさらいをしなくちゃ）

　これまでユーフェミアから教わってきたことを思い返す。

　先日のお茶会は、ユーフェミアの身代わりとして出席した。

　今度の夜会は、ドリス・ノルマンとして初めて人前に出るのだ。

（たくさん教えてくださったユーフェミア様……それから、セレスト様に恥じないように、しっかりしないと）

　ドリスは、ぐっと顎《あご》を引いて小さくうなずく。

（ユーフェミア様のお稽古《けいこ》、幸せだったけれどすごく厳しくて、はじめはどうなることかと思ったわ。頭の上に本を載《の》せたりして……）

　不格好な体勢で足を動かそうとしていた頃を思い出して、ドリスは思わず口元をほころばせた。

（本といえば……セレスト様がたくさん本を貸してくれたわ）

　乗馬による筋肉痛で動けなくなった日、両手に抱えきれないほどの本を持って部屋まで来てくれた。

（同じ小説を読んだのに、感想が二人とも全然違ったのよね。わたしは悲恋《ひれん》だと思って読んだけれど、セレスト様はハッピーエンドだと言って……）

　結局、あの時の議論は決着がつかずに終わった。

（王宮に来ていなかったら……魔力が暴発していなかったら、セレスト様とたくさんお話をすることもなかったのかしら）

魔力凍結《とうけつ》の呪いは、ドリスの時間を六歳のまま止めてしまったが、呪いをかけられていなかったら、セレストが親身になって相談に乗ってくれることもなかっただろう。

（それから、セレスト様が……）

ふと、ドリスは足を止めた。

（なんで、セレスト様のことばかり考えちゃうの……？）

不愛想《ぶあいそう》で、口が悪くて、意地悪なのに、ふとした時に見せる顔が優しくて。

ドリスの知らないところで、セレストはたくさん気にかけてくれていた。

右手首に光るブレスレットにも、彼の想いが詰まっている。

魔女リプリィと対峙《たいじ》した時、セレストは自分のことのように怒《おこ》ってくれた。恋愛について右も左もわからないドリスに寄り添《そ》って、考えてくれた。

凛《りん》として大人びているかと思えば、急に「今日から名前で呼べ」なんて言い出して、同年代の兵士と張り合うような子どもじみた態度をとってみせたり。

それから、恋愛講座の補習だと言って、抱きしめられたぬくもりは今も忘れられない。

いつの間にか、ドリスの心の中はセレストの存在でいっぱいになっていた。

気づいた時には、セレストはもう、ドリスが好きになってはいけない存在だった。

「…………っ」

ドリスの頬を一筋の涙《なみだ》が伝った。

胸が苦しい。

（忘れるのよ。セレスト様のことは忘れて、ほかの恋を探すの……）

この気持ちを抱えたままでは、呪いは解けないのだから。

「……ドリス様？」

聞き覚えのある女性の声がして、ドリスは顔を上げた。

振り返ると、心配そうにこちらを見つめてくるロベリアの姿があった。

「ロベリア様……」

ドリスは服の袖《そで》であわてて涙を拭《ぬぐ》い、手にしていた招待状をポケットに押し込んだ。

「何かありましたの？」

ロベリアはドリスの背中に手を添えて、シルクのハンカチを差し出してくれた。

「あ、ありがとうございます。大丈夫です……」

上等なハンカチを汚《よご》してはいけないと思い、ドリスは丁重に断った。

「目が赤くてよ。せっかくの可愛らしいお顔が台無しですわ」

ロベリアは、ドリスの目尻《めじり》から頬にかけてハンカチで拭ってくれた。

「私《わたくし》のお部屋へいらっしゃいな。心の落ち着くお茶をご馳走《ちそう》させてほしいわ」

ドリスの疲れた心をやわらかく包み込むような甘い声。

「……はい」

ドリスはうなずいて、ロベリアの手を取った。


その夜、公務を終えて部屋へ戻ったセレストは、魔法師団から報告を受けた。

塔の地下牢《ろう》に何者かが侵入《しんにゅう》した形跡《けいせき》があるとのことだった。

現在、地下牢に拘留《こうりゅう》されているのはリプリィただ一人。

団長のジャレッドが、リプリィにほどこしている呪いの〈刻印〉を使って尋問《じんもん》したところ、彼女のもとへ一人の女性が訪れたと白状した。

その女性は、リプリィの〈刻印〉についてどこから聞きつけたのか、言い逃《のが》れができないような質問を投げかけ、口を割らせた。

ドリスの魔力が暴発したこと、ユーフェミアに動物化の呪いがかかったこと。

六十六日を過ぎるとユーフェミアが本物の猫になってしまうことも。

地下牢の天井には、不審《ふしん》者への対策として映像を記録するための魔法石が設置されている。

魔法石に記録された映像には、侵入者の姿がはっきりと映っていた。

侵入者の名前を報告されたセレストは、自分の耳を疑った。

「ロベリア嬢がなぜ……？」

セレストが戸惑っていると、部屋の外から騒がしい声が聞こえてきた。

侍女の取り次ぎを待たずに飛び込んできたのは、お仕着せ姿のメリンダだった。

「ねえ、殿下。ドリス、ここに来てない？　まだ部屋に戻ってないんだよ」

「……っ！」

セレストの中で、ロベリアの奇行《きこう》がドリスと結びついた。


ドリスが目を覚ますと、見慣れない形をした天蓋があった。

（わたしの部屋じゃない……ここは、どこ？）

甘く優しい香りが染《し》みついた羽根布団に包まれて、ドリスの意識はふわふわとしていた。

紗幕の向こうに燭台《しょくだい》の灯《あか》りが見える。窓のカーテンは閉め切られていて、時間はおそらく夜。

（そうだわ。たしか……ロベリア様にお茶をご馳走になって……）

めずらしいハーブを組み合わせたお茶は、甘い香りと軽い飲み口をしていて、ドリスの心をやわらかくほぐしてくれた。

ロベリアと他愛《たわい》のない話をしたのは覚えている。

そうしているうちに、眠ってしまったのだろうか。

(ロベリア様がベッドを貸してくださったのかしら？　お礼を言わないと……)

ドリスは起き上がろうとするが、身体が思うように動かなかった。

「あれ……？」

手足に力が入らず、視線をさまよわせていると、寝室の扉が開かれた。

「あら、もうお目覚めになったの？」

女性の声と人影。すぐにロベリアのものだとわかった。

紗幕がめくられ、ロベリアがベッドのそばへと歩み寄った。

「あの、わたし……」

「かなり強い催眠魔法をお茶にこめたので、三日は目覚めないはずでしたのに。あなた、魔法が使えないのに耐性《たいせい》はありますのね」

「どうして……？」

ドリスが魔法を使えないことを、なぜロベリアが知っているのか。

表情から言いたいことを読み取ったのか、ロベリアは「ああ」とうなずいた。

「親切な魔女さんが教えてくださいましたの。あなたが呪われていることも、ユーフェミア様に動物化の呪いをかけてしまったことも」

「……っ！」

　ドリスの全身から血の気が引いていく。ユーフェミアから、ロベリアにはけっして知られてはいけないと言われていたのに。

「魔女さんから楽しいお話を聞きましたわ。ユーフェミア様、放っておけばいずれ、記憶《きおく》も言葉も失って、完全な猫になってしまうそうですわね。あなたのせいで」

「それは……」

　言葉に詰まるドリスに、ロベリアは端麗な顔を寄せて微笑む。

「このまま、呪いの期限まであなたをこの部屋に閉じ込めてしまったら……ユーフェミア様はどうなるかしら？　あなたを必死でかばっているセレスト様にどれだけ迷惑をかけることになるか、おわかりかしら？」

「か、帰ります……帰して」

　ドリスはロベリアから逃れようと身をよじらせるが、身体はベッドに縫《ぬ》いつけられたように動いてくれない。

「身体がつらいでしょう？　ごめんなさいね。これもセレスト様のためなの。悪く思わないでちょうだいね」

　まるで幼子をあやす母親のように、ロベリアは優しくドリスの肩を叩いた。

「もうしばらく、お眠りなさいな」

ロベリアの手がドリスの両目を覆った。

「だめ……」

ドリスは抗《あらが》おうと声をあげたが、次の瞬間にはふたたび眠りの淵《ふち》に落ちていた。

セレストが一人でロベリアの部屋を訪れると、彼女は感激したように胸の前で両手を組んだ。

「まあ。昨夜は私《わたくし》を追い返したのに、心変わりでもなさいましたの？」

ロベリアはセレストの手を引いて部屋の奥へと誘《いざな》った。

「ようやくセレスト様がその気になってくださって、うれしいですわ」

「ドリスを返していただきにきました」

セレストが端的《たんてき》に用件を告げると、ロベリアは笑みを浮かべたまま目を細めた。

「なんのお話でしょう？」

「とぼけても無駄《むだ》ですよ。証拠もあがっている。ドリスの身辺を嗅《か》ぎ回って、何をするつもりです？」

「…………」

「もう一度言います。ドリスを返してください」

「まるで、ドリス様のことを自分のもののようにおっしゃるのね」

ロベリアは長い銀髪を耳にかけ、ふっと笑う。

「どうぞ。家探しをなさりたいならお好きになさって」

「では、そのようにさせていただきます」

セレストはそう言うと、ためらいなく指を打ち鳴らした。

バン！　と音をたてて部屋中の戸棚《とだな》と続き間の扉が開かれた。

ロベリアと侍女たちが見守る中、セレストはクローゼットの中をあらためる。

続いて、寝室に移動した。

天蓋から下りる紗幕の向こうに、誰かが眠っているのが見えた。

「ドリス！」

セレストが紗幕をめくると、ベッドの中で静かに眠るドリスがいた。

安堵の息をついたのもつかの間、次の瞬間、まるで霧《きり》のようにドリスの姿はかき消えた。

「転移魔法……？」

セレストが振り返ると、背後でロベリアが優美な笑みを浮かべていた。

「ドリスをどこへ転移させた？」

普段の丁寧な言葉遣《ことばづか》いを忘れて、セレストは低い声音《こわね》で問いかけた。

「あら、怖いお顔。でも、そんなセレスト様も魅力《みりょく》的ですわ。私、セレスト様になら乱暴に扱われてもかまいませんことよ」

「ふざけるな。ドリスの居場所を言え！」

セレストが問い詰めると、ロベリアは楽しそうに笑った。

「ドリス様のことになると、我をお忘れになってしまうのね」

ロベリアはセレストの手を取り、自分の頬をすり寄せた。

「ドリス様の居場所……教えて差し上げてもよろしくてよ。その代わり……」

ロベリアの唇がセレストの指先に触れた。セレストは、背筋に悪寒《おかん》が走るのをぐっとこらえる。

「お決めになるのは、セレスト様ですわ」

第5章 解呪のキスと断罪の夜会

「いたた……」

板張りの床《ゆか》に思いきり身体《からだ》を打ちつけられた衝撃《しょうげき》で、ドリスは目を覚ました。

（ここは？　屋根裏部屋……？）

ドリスは蝋燭《ろうそく》の灯《あか》りも日の光もない闇《やみ》の中を、手探《てさぐ》りで見渡《みわた》す。

長い間、人の手が入っていないであろう埃《ほこり》の感触《かんしょく》と、古びた書物や衣服の匂《にお》いがする。

耳をすませてみると、かすかに虫の這《は》う気配も感じられた。

普通《ふつう》の令嬢《れいじょう》なら、その不気味さに泣いて怯《おび》えるところだろうが、元々暗い場所が好きなドリスに恐怖はない。

（王宮に来て以来、当たり前のように明るい場所にいたけれど……。やっぱり暗闇は落ち着くわ……）

見上げると、小さな明かり取りの窓から三日月が覗《のぞ》いていた。

「綺麗《きれい》……」

ドリスは転ばないように注意を払《はら》いながら窓辺へ近づいた。触《ふ》れてみると、窓は嵌《は》めごろしになっているようで、内側からは開けられそうにない。

(それより、わたしはどうしてこんなところにいるのかしら？)

ロベリアの部屋にいたところまで覚えているのだが、その先の記憶《きおく》が途切《とぎ》れている。

ドリスは、闇の中をゆっくり進みながら、今度は外へ出る扉《とびら》を探した。

扉はすぐに見つけられたが、外側から鍵《かぎ》がかけられていて開けられない。

試《ため》しに、扉をドンドンと叩《たた》いて「どなたかいらっしゃいませんか？」と声をかけてみるが、返事はなかった。

ドリスは仕方なく、床に座り込んだ。

(わたし、ロベリア様に嫌《きら》われてしまったのかしら……？)

口に出していなくても、セレストへの気持ちを悟《さと》られてしまったのだろうか。

(ちゃんと言わなくちゃ。わたしはお二人の間に割り込もうなんて考えていないって)

拳《こぶし》を握《にぎ》りしめてうなずいたその時、ドリスは自分の脚《あし》の下に違和感《いわかん》を覚えた。

何か、わずかに段差のようなものがある。

暗闇《くらやみ》の中、埃《よご》で汚れるのも厭《いと》わずに床に手を這わせて探ると、木材のつなぎ目と取っ手のようなものに触れた。

(これ……扉？)

取っ手を両手で引き上げると、それは跳《は》ね上《あ》げ式の扉だった。

徐々《じょじょ》に暗闇に慣れてきた目をこらすと、開けた扉の下には階段があった。

（これなら、出られるわ……！）

ドリスは足を踏《ふ》み外《はず》さないように気をつけて、後ろ向きの体勢で一段ずつ階段を降りた。

「ロベリア嬢《じょう》。手を離《はな》していただけますか」

「あら、ちょっぴり粗暴《そぼう》なセレスト様も素敵《すてき》でしたのに。もうおしまいですの？」

ロベリアはセレストの手を離したかと思うと、今度は正面から抱《だ》き着《つ》いてきた。

「ドリスを隠《かく》した目的は？」

布越《ご》しのやわらかな感触に嫌悪《けんお》感を抱《いだ》きながら、セレストは静かに問いかけた。

「セレスト様が私に目を向けてくださらないから、妬《や》いてしまいましたの」

「このようなことをして、ただで済むとお思いですか？」

声音《こわね》を硬《かた》くして問い返すと、ロベリアはとろけるように甘い吐息《といき》を漏《も》らして笑った。

「セレスト様の心さえ手に入れば、私《わたくし》などどうなってもかまいませんもの」

「ロベリア嬢。すみませんが、俺にはもう心に決めた女性がいます。婚約《こんやく》者候補の話は、近いうちにお断りするつもりです。ほかのご令嬢たちにもそのように連絡を……」

「心に決めた女性……それが、ドリス様だとおっしゃるの？」

震《ふる》える声で問いかけるロベリアに、セレストはうなずいた。

「いやよ……セレスト様。あなたは、私《わたくし》だけのものですわ……」

「ロベリア嬢……」

セレストは、瞳《ひとみ》を潤《うる》ませるロベリアの腰《こし》に手を添《そ》えて、横向きに抱《かか》え上げた。

「きゃっ」

驚《おどろ》きの声をあげるロベリアをベッドに横たえると、長い銀髪《ぎんぱつ》が扇《おうぎ》のように広がった。

セレストは、ロベリアの横に片膝《かたひざ》をついて顔を近づけた。

「貴女《あなた》の望みを叶《かな》えれば、ドリスは返していただけますか？」

すると、ロベリアはスミレ色の目に涙《なみだ》を浮《う》かべた。

「うれしい……」

セレストの手がロベリアの頬《ほお》に伸《の》ばされる。

指先がロベリアの上気した肌《はだ》に触れそうになったその時、セレストはあらかじめ手のひらで練っていた魔力《まりょく》を放出した。

「悪く思わないでください」

「え……？」

むせ返るほどに甘いバラの芳香《ほうこう》が、紗幕《しゃまく》の内側を満たす。

ロベリアはほんの一瞬《いっしゅん》、目を見開いたが、瞬《まばた》きをする間もなくまぶたを閉じた。

彼女の寝息《ねいき》が聞こえるのを確認《かくにん》すると、セレストはベッドから降りて寝室《しんしつ》を出た。

「ロベリア嬢は体調を崩《くず》されたようです。誰《だれ》か、介抱《かいほう》を」

続き間にひかえていた侍女《じじょ》たちに告げると、彼女たちはあわてて寝室へ駆《か》け込んだ。

侍女たちが心配そうにロベリアを呼ぶ声を背に、セレストは部屋をあとにした。

ドリスの居場所を聞き出せなかったのは痛い。しかし、あのまま粘《ねば》っていてもロベリアは口にしなかっただろう。

その気になれば、先ほどかけた催眠魔法《さいみんまほう》の応用で自白させることもできるが、人の心を操《あやつ》る魔法は禁呪《きんじゅ》である。

（転移魔法の痕跡《こんせき》をたどれば……）

あの時、落ち着いて対処していたら自力でドリスの居場所を探れたのに、機を逸《いっ》してしまった。

（少々、手間はかかるが魔法師団に頼《たよ》るしかないな）

転移魔法をはじめとする強い魔力を必要とする魔法は、他者に波動を感知されやすい。

魔法師団では、王宮内で感知される魔力とその行使者を逐一《ちくいち》記録している。

考え事をしながら早足で歩いていると、上着のポケットから一枚の布地がひらりと落ちた。セレストはあわててそれを拾い上げる。

淡《あわ》い水色のハンカチ。三本の白いバラの花が刺繍《ししゅう》されている。

ドリスが手ずから刺《さ》してくれたものだ。

（あいつ、意味がわかってるのか？）

バラは、その色と本数で異なる花言葉を秘めている。

こういった知識はまったくないドリスのことだから、深く考えていないのだろう。たしか本人は、セレストの好きな花と色を刺したのだと言っていた。

やわらかな光沢《こうたく》を放つ白バラの刺繍を指先でそっとなでる。

ふいに、あの雨の日の光景が脳裏《のうり》によみがえった。

寒さに震える華奢《きゃしゃ》な身体、とても細いのに、抱きしめたらやわらかくて、花のように甘い香りがした。

あのまま腕《うで》の中に閉じ込めてしまえばよかったのだろうか。

自分に背を向けて走り去ったドリスを追いかけられなかったことを、今になって悔《く》やむ。

「セレスト！」

階段の踊《おど》り場《ば》に差しかかったところで、上階から降りてきたパーシバルと遭遇《そうぐう》した。先ほど、ロベリアの部屋へ行く前に連絡をしていた。

「さっき、このあたりで転移魔法の魔力反応があったの、気づいた？」

「ああ、俺はその場にいた。至急、魔法師団に解析《かいせき》依頼《いらい》をする」

すると、パーシバルは銀縁《ぎんぶち》眼鏡の奥の瞳を猫《ねこ》のように細めて微笑《ほほえ》んだ。

「これ、なーんだ？」

パーシバルが差し出した手の中で、青く平たい魔法石が輝《かがや》いている。感知した魔力の情報を記録するための魔法石だった。魔法を使った場所と、転移した先の位置が記録されている。

「パーシー、これ……」

「ドリスはきっと、ここにいるよ。行こう」

「さすがだな」

セレストは笑《え》みを浮かべて、顔の前に拳をかざした。そこに、パーシバルも自分の拳を合わせる。

「ぼく、ほしい古書があるんだけど。それからレアものの蒸留酒も」

「あとで交渉《こうしょう》しよう」

そう言って、二人は目的の場所へと駆け出した。

屋根裏部屋の真下は、誰かの衣装《いしょう》部屋のようだった。

壁《かべ》に魔法石の照明が埋《う》め込まれており、満月の下にいるような、ほんのりと白い光に満たされていた。

掃除の行き届いた空間にはドレスや外套《がいとう》が並べられ、木製の棚《たな》に宝石箱や帽子《ぼうし》の箱が収められていた。

上等な衣装の隙間《すきま》に、外へ続く扉を見つけた。ドリスはやわらかな布地の間に身を滑《すべ》り込ませて扉を目指す。

シフォンのドレスから、ふわりと甘い香りがただよった。どこかで触れたことのある、花の蜜《みつ》のように優《やさ》しい香り。

ドリスは、扉へと伸ばした手を反射的に引いた。

（これは、ロベリア様の……？）

ロベリアのベッドに染《し》みついていた香りとよく似ている。

ここがロベリアの衣装部屋だとしたら、扉の向こうへ行ってはいけない。ドリスは足音をたてないように静かに後退した。

窓をたしかめると、内側から鍵をはずして開けることができた。冷たい夜風が吹《ふ》き込んでくる。

外にはバルコニーなどなく、足をかけられるような場所も見当たらない。あったとしても、ドリスの鈍《にぶ》い運動神経ではきわめて危険だ。

窓の下は夜の闇に隠れて何も見えない。手を伸ばせば届きそうな距離《きょり》に木の枝があるけれど、無事に降りられる自信はない。

吸い込まれそうな闇をじっと見下ろしているうちに、ドリスは目が回ってきた。

(でも、見つからずに抜け出すにはここしかないわ)

額に浮かぶ汗《あせ》を袖口《そでぐち》で拭《ふ》いて、ドリスは深呼吸をした。

壁際《かべぎわ》にあった踏み台を窓の下に移動させ、いざ足をかけようとした時だった。

「ドリス様。こんな夜更《よふ》けにどちらへお出かけかしら?」

美しく、冷たい声音。

ドリスがゆっくりと振《ふ》り返《かえ》ると、月明かりのように美しい銀髪がこちらへ近づいてきた。

「ロベリア様……」


魔法石に記録された転移魔法の解析を終えたセレストは、示された座標を目にして奥歯《おくば》を噛《か》みしめた。

「やってくれたな、あの女……」

「自分の衣装部屋とはね」

パーシバルも苦い顔で、セレストの手の中にある魔法石を見下ろした。

「セレスト、どうする?」

「行くしかないだろ」

「ぼくも行くよ」

「いや、パーシーは魔法師団に応援《おうえん》を要請《ようせい》してくれ」

「わかった」

パーシバルはうなずいて、転移魔法で姿を消した。

残されたセレストは魔力を温存するために転移魔法を使わず、ロベリアの部屋を目指して駆け出した。


夢のように美しいドレスの海を泳ぐように、ロベリアが一歩ずつこちらへ近寄ってくる。口元には麗《うるわ》しい微笑みを浮かべていたが、深いスミレ色の目は一切《いっさい》笑っていなかった。

「ロベリア様……」

「困りましたわね。あなたがいる限り、セレスト様は永遠に私《わたくし》のものになってくださらないみたい」

ロベリアの手には、蝋燭の載《の》っていない三叉《さんさ》の燭台《しょくだい》が握られていた。

「ロベリア様……、どうしてこんなことを……？」

「ねえ、ドリス様。私たちは、お友達ですわよね？」

優しい声音とは裏腹に、ロベリアは刺すように冷たい微笑みを向けてくる。ドリスは足がすくんでその場から動けず、唇を震わせていた。

「私、とても悲しいですわ。大切なお友達に、愛する人を横取りされてしまうなんて」

「そんなつもりは……」と言いかけて、ドリスは口をつぐんだ。

（違う……ちゃんと言わなくちゃ。わたしの正直な気持ちを……）

ドリスは、背筋を伸ばして正面からロベリアの顔を見つめた。

「……確かに、私はセレスト様のことを特別に思っております」

「あら、認めるのね」

ロベリアは手の中で燭台をもてあそびながら、目を細めた。

「で、でも……お二人の間を邪魔しようなどとは思っていません……！　セレスト様には好きな人と幸せになってほしい、私の願いはそれだけです」

「じゃあセレスト様の幸せのために、今すぐ私たちの前から消えてくださるのね」

ロベリアは、空気を切り裂くような冷たい声で問い返した。

「今すぐは……ユーフェミア様の呪いを解くまではここを去れません。セレスト様には頼らずにちゃんと呪いを解きますので、それまでは待っていただけないでしょうか？」

ドリスがせめてもの願いを口にすると、ロベリアはふっと鼻で笑った。

「嫌よ。私は、あなたの存在そのものが目障りなのよ。どこか、目の届かないところへ消えてくださらないかしら？」

「それはできません！　ユーフェミア様が……」

「ユーフェミア様がどうなろうと、私には関係のない話ですわ」

「ロベリア様は……ユーフェミア様がお嫌いなのですか？」

「いいえ。なんの関心もないだけですわ。生きようが死のうがね」

「そんな……」

ドリスは目を見開き、拳をきつく握りしめた。手のひらに爪が食い込むほどに。

「ロベリア様は、とてもお美しくて気高くて……セレスト様とお似合いだと思いました。お二人に、幸せになってほしいと思いました」

「あら、うれしいことを言ってくれるのね」

「でも……今は違《ちが》います」

ドリスは背筋を伸ばし、毅然《きぜん》と顔を上げた。

「今のあなたは、セレスト様にふさわしくありません」

「なっ……」

「自分の幸せのために他人を平気で犠牲《ぎせい》にしようとするあなたは……、セレスト様にはふさわしいと思えません……！」

「あなた、私が公爵《こうしゃく》家の人間とわかっていて、そのような口を叩いているの？　あなたみたいな、田舎《いなか》貴族の娘《むすめ》が気安く口をきける身分ではないのよ!?」

「身分なんて関係ありません！　どれだけ高貴なお方だとしても、あなたのように心の醜《みにく》い人にセレスト様はふさわしくないです……！」

「……っ、お黙《だま》りなさい！」

ロベリアは、真鍮《しんちゅう》の燭台を床に叩きつけた。鋭《するど》い音が室内に響《ひび》く。

「私がセレスト様にふさわしくないですって？」

ロベリアは眉《まゆ》を吊《つ》り上げ、目を見開き、恐《おそ》ろしい形相でドリスに歩み寄った。

ドリスは逃げようにも、外へつながる扉はロベリアに阻《はば》まれていて、自分の背後には開け放たれた窓しかない。

「ねえ、ドリス様。今夜は月がとても綺麗ね。私が空の旅へ連れていって差し上げてよ」

「ロベリア様、何を……？」

距離を詰《つ》めたロベリアは、ドリスの肩《かた》をぐっと押した。

「きゃ……っ」

背中が窓枠《まどわく》に押しつけられ、上体が外へ向かってのけぞった。

ロベリアが本気でドリスを突《つ》き飛《と》ばしたら、頭から真っ逆さまに落ちてしまう。

「先ほどの失礼な振《ふ》る舞《ま》いを撤回《てっかい》なさるのでしたら、許して差し上げましてよ」

「……いやです」

ドリスは突き落とされる恐怖《きょうふ》に耐《た》えながら、ロベリアをにらみ返した。

「セレスト様……わたしの大切なセレスト様は、あなたなんかに絶対に渡しません！」

「もう我慢《がまん》ならないわ！　消えておしまいなさい‼」

ロベリアがドリスの肩を突き飛ばそうと、力をこめた時だった。

「ロベリア嬢。気は済みましたか?」

凛《りん》とした涼《すず》やかな声。

ここにいるはずのない人。

「……セレスト様?」

ドリスは茫然《ぼうぜん》と呼びかけた。

セレストはロベリアの背後に立ち、彼女の手首をつかんでいた。

「ドリス、無事か?」

「は、はい……」

ドリスがうなずくと、セレストは安心したように息をついた。

「どうして……?」

声を震わせたのはロベリアだった。

「こんな女のためにどうして? 私《わたくし》とこの女の何が違うというの!?」

セレストは、ロベリアの両手首を後ろにまとめて魔法の手錠《てじょう》で拘束《こうそく》した。

「すぐに魔法師団が貴女《あなた》を連行しに来ます。塔《とう》への不法侵入《しんにゅう》と禁呪の使用、そしてドリ

ス・ノルマン嬢の殺害未遂《みすい》の現行犯で」

「答えて、セレスト様！」

甲高い声をあげるロベリアに、セレストは感情のこもらない冷たい声でささやいた。

「貴女《あなた》に答える義理はない」

ロベリアは膝から崩れ落ち、声をあげて泣いた。

それからほどなくして駆けつけた魔法師団の面々に、ロベリアの身柄《みがら》は連行された。

「ドリス、歩けるか？」

「はい……大丈夫《だいじょうぶ》です」

セレストに手を取ってもらい歩き出したドリスだったが、ほんの数歩で足がもつれて身体が傾《かたむ》いてしまった。

「あ……っ」

「大丈夫か？」

雨の日の出来事と同じように、またセレストに身体を抱きとめられてしまった。

「怖《こわ》い思いをさせたな」

「いいえ……」

そう言って、ドリスはセレストの腕の中から抜け出そうとしたが、そのまま抱きしめられて身動きが取れなくなった。

「セレスト様？」

「さっきの……あれ、本心か？」

「え？　わたし、何か……？」

セレストの手がドリスの髪《かみ》を優しくなでてくる。

「あの……？」

瞬きを繰《く》り返すドリスの耳元に、セレストの唇《くちびる》が寄せられた。

「『わたしの大切なセレスト様』って、あれは……告白だと思っていいのか？」

「…………っ！」

ドリスが咄嗟《とっさ》に口にした言葉。まさか、セレスト本人に聞かれていたなんて。

「あの、あの……っ」

「ちゃんと言わないと、このまま離さない」

「そんな……いけません。だって、好きでもない異性に触れてはいけないと、セレスト様が言ったんですよ。ですから……もう離してください。わ、わたしが勘違《かんちが》いしたらどうするんですか？」

「好きだから、こうして触れている」

セレストの言葉に、ドリスの心臓が大きく跳ねた。

「……セレスト様？」

「お前が好きだ。お前にしか触れたくないし、お前を俺以外の男に触れさせたくない」

熱を帯びた声が、ドリスの耳から身体じゅうに流れ込んでいく。

「十年前からずっと……お前だけが好きだ」

セレストは、抱きしめる力を少しだけゆるめてドリスの顔を覗き込んだ。

「俺は言ったぞ。今度はお前の番だ……聞かせてくれ」

「あ……」

ドリスはわけがわからず、両目に涙を浮かべた。

「わた……わたし、セレスト様のことを忘れるつもりでいたんですよ？　夜会で……お相手を見つけて、呪いを解いて、セレスト様に恩返しをしようと思っていて……」

「俺は、忘れる前の話を聞いている」

セレストはひどく優しい声で、ドリスの心をなでるようにささやいた。

「もう……俺のことは忘れたのか？」

「わたし……セレスト様のことを、好きでいてもいいんですか……？」

セレストがうなずくと、ドリスの藍色《あいいろ》の瞳から熱い涙がぼろぼろとこぼれ落ちた。

「セレスト様……セレスト様が好き……っ」

ドリスのみっともない泣き顔を隠すように、セレストはきつく抱きしめてきた。

それからドリスが泣きやむまでの間、セレストは髪や背中を優しくなで続けてくれた。

魔法師団へ提出する報告書を作成し、そのほかの雑務を片づけ、セレストがドリスの部屋を訪《おとず》れる頃《ころ》には日付が変わっていた。

「遅《おそ》いですわ」

「お疲《つか》れ様《さま》、セレスト」

人間の姿をしたユーフェミアと、パーシバルがソファに並んで座って待ち構えていた。

「どうしてお前たちまでいるんだ？」

「ぼくは、セレストにご褒美《ほうび》の交渉をしに」

「この際ですから、最高級の品物を要求なさるとよろしいですわ」

悪い笑みを浮かべる妹の表情は病弱な王女というより、まるで海賊《かいぞく》の親玉である。

肝心《かんじん》のドリスはというと、なぜか部屋の隅《すみ》で頭を抱えてしゃがみ込んでいた。

「お前は、それで隠れたつもりか？」

「セレスト様に合わせる顔がないといいますか、どんな顔をするべきかわからなくて……」

考えた結果、隅で丸くなることを選んだらしい。

「パーシー様。お兄様も来たことですし、わたくしたちは退散いたしましょう」

「そうだね。あとは若い二人でごゆっくり」

セレストが声をかける間もなく、ユーフェミアとパーシバルは風のように去っていった。

「……いつまでそうしているつもりだ？」

「すみません……」

ドリスは立ち上がり、フリルを重ねた黒いワンピースの裾《すそ》をととのえた。

「ど、どうぞおかけください。メリンダさんは魔法師団のお仕事があるそうなので、お茶の用意はわたしが……」

「構わなくていい。お前も座れ」

メリンダとは先ほど、魔法師団の塔で顔を合わせたばかりだ。やたらと気合いの入った笑顔《えがお》で「決めてこい！」と背中を叩かれた。

（余計な気を回してくれたものだ）

つい今までユーフェミアたちが座っていたソファに並んで腰を下ろす。

（気まずい……）

ドリスも同じような気持ちなのか、顔を真っ赤にしてうつむいている。

先に口を開いたのは、ドリスだった。

「助けてくださってありがとうございました。おかげで命拾いをしました」

「俺は、生きた心地《ここち》がしなかったぞ」

「ご心配をかけまして……すみません」

ドリスは、しょんぼりと肩を落としてしまった。

「ち、違うからな。別に怒《おこ》っているわけじゃなくて……」

「はい。わかっています。セレスト様はいつもわたしのことを真剣に考えてくれています」

ドリスは顔を上げて、ひかえめに微笑んだ。

（……可愛《かわい》い）

セレストは言葉に出せない思いを、胸の中で噛みしめた。

「でも……あまり優しくされたら、困ります」

「悪い。お節介《せっかい》だったか？」

するとドリスはぶんぶんと首を横に振った。黒くつややかな髪が左右に揺《ゆ》れる。その拍子《ひょうし》に石鹸《せっけん》の香りがふわりとただよい、深みのある甘さにセレストは息をのんだ。

「セレスト様が優しいと、わたしはそれに甘えてしまいそうで、駄目《だめ》になってしまいそうで怖いんです……」

「甘えたらいいんじゃないのか？　何が駄目なんだ？」

人から距離を置いた生活が長いせいで、他人への甘え方を知らないのはセレストも把握《はあく》している。甘えたいと思ってくれるなら寄りかかればいいのに、ドリスは何をそんなに怯えているのだろう。

「人の気も知らないで……そんなふうに軽く言わないでください！」

めずらしく大きな声をあげるドリスに、セレストは驚いた。

「気を悪くしたなら謝る。でも、甘えることが悪いことだなんて俺は思わない。なんでも一人で抱えていたら、それこそ駄目になるぞ。俺がそうだった」

セレストがそう言うと、ドリスは顔を上げて長い睫毛《まつげ》をぱちぱちと上下させた。

「俺は立場上、人に甘えることが許されなかったが……子どもの頃から気を張っているうちに、行《い》き詰《づ》まって何もできなくなったことがある。助けが必要な時は誰かを頼れと叱《しか》られた」

「それは、どなたにですか？」

「団長とパーシーに。二人から日が暮れるまで説教された」

眉間《みけん》に皺《しわ》を寄せて答えると、それまで緊張《きんちょう》していたドリスの顔がふっとほころんだ。

「お二人らしいですね。セレスト様のことを大切に思っているのが、よくわかります」

「お前には俺と同じ経験をしてほしくないし、ただでさえ呪いのせいで十年も不自由な生活を強《し》いられてきたんだ。これからは、俺がお前の力になりたい。だから、なんでも話してくれ」

「はい……」

沈黙《ちんもく》がふたたび降りる。

（ところで……キスって、どのタイミングでするものなんだ？）

互《たが》いに想《おも》いを伝え合ったあの時がよかったのだろうか。でも、他人の部屋で……まして

や、ドリスを手にかけようとした人物の部屋ですることではない。

「わたしは……てっきり、セレスト様はロベリア様と恋仲《こいなか》なのだとばかり思っていました

……」

思いがけないドリスの言葉に、セレストは瞬きを繰り返した。

「俺は、一言もそんなことを言った覚えはないぞ？」

「ですが、お二人は夜をともにされる深い仲だと……！」

ドリスは、頬を赤く染めて言《い》い募《つの》った。

「夜……？　ああ、あの時か」

「ほら、やっぱり！」

「違う！　あれはロベリア嬢が、急用があると言って押しかけてきたんだ。王族の立場や

彼女の家柄《いえがら》のことを考えると、無下にはできないし、あの日はすぐに帰ってもらった」

「そうだったんですね……」

ドリスは明らかに安心したような表情で胸をなで下ろした。

「もしかして、俺とロベリア嬢の関係を誤解して、恋愛《れんあい》講座を勝手に卒業するなんて言い

出したのか？」

「………」

図星だったらしく、ドリスは無言でうなずいた。

「そうか……気づいてやれなくて悪かった」

セレストが詫《わ》びの言葉を口にすると、ドリスは首を横に振った。

「わたしが勝手に勘違いしたのがいけないんです。ごめんなさい」

「心配事は、もう何もなくなったか？」

こくん、とドリスはうなずいた。

セレストは、ドリスのつややかな黒髪《くろかみ》に吸い寄せられるように手を伸ばした。

（恥《は》ずかしい……ロベリア様との仲を思いきり勘違いしていたなんて）

ドリスは、いたたまれなくて顔をうつむけていた。

「心配事は、もう何もなくなったか？」

優しい声音で問いかけられ、ドリスは無言でうなずいた。

すると、セレストの手がドリスの頭をそっとなでた。

「ドリス」

「は、はい……」

これから自分がセレストと何をするのか、つい想像してしまって声が震えた。

「お前の命がかかっているから、きちんと確認させてほしい」

ドリスは、セレストの顔をちらりと覗き込んだ。

「お前の呪いを解く相手は、俺で間違《まちが》いはないか？」

あらためて聞かれると恥ずかしくて、ドリスはまぶたをぎゅっと閉じてうなずいた。

頬にセレストの手が触れる。

「ひゃ……」

ドリスは思わず身を硬くした。

（どうしよう。ちゃんとできなかったら……呆《あき》れられて、セレスト様の心が変わってしまうかも）

睫毛を震わせながら、おそるおそる目を開けると、優しく微笑むセレストの顔がすぐそばにあった。

「俺も緊張してる。お前と一緒《いっしょ》だ」

よく見るとセレストの頬も赤く染まっていて、ドリスは小さく笑った。

心の緊張はほぐれたけれど、身体はまだこわばったまま。

ドリスは、すがるようにセレストの上着に指を這わせた。

「好きだ、ドリス」

「わたしも……好きです。セレスト様」

あらためて互いの想いを確かめ合うと、セレストの親指の腹がドリスの下唇《したくちびる》に触れた。

甘くしびれるような感覚に、ドリスは肩を震わせた。

ドリスの吐息を掬《すく》い取《と》るように、セレストの唇が優しく触れた。

星々が静かにささやき合う時分、ドリスの魔力と心を長い間縛《しば》りつけていた呪いが、この瞬間《しゅんかん》に解き放たれた。


翌朝、寝室で目を覚ましたユーフェミアが涙を流したことは、本人以外誰も知らない。

日が高くなる時間を待ってからパーシバルの部屋を訪れ、二人は抱き合って喜んだ。

夜会をひかえた午後、ドリスの支度《したく》を見守りながら、ユーフェミアは水色の瞳を瞬《また》かせて言った。

「まあ。あれからお兄様と会っていませんの？」

今夜の催《もよお》しは、独身の若い男女を対象にセレストが声をかけたため、婚約が成立しているユーフェミアとパーシバルは不参加である。それに、二人は結婚式《けっこんしき》の準備に追われて多忙《たぼう》をきわめていた。

「セレスト様はお忙《いそが》しいようで……」

「まあ、仕方ないかもね。ここ最近の殿下《でんか》、本当に重要な仕事以外は後回しにしてたから」

「う……っ、申しわけないです。わたしの呪いのせいでセレスト様のお仕事が……」

ドリスに魔力凍結《とうけつ》の呪いをかけた魔女《まじょ》リプリィはというと、現在も魔法師団の塔にある地下牢《ろう》に拘留《こうりゅう》されている。正式な処遇《しょぐう》については協議中らしい。

「気にしない気にしない。その代わり、次に殿下と会ったら、うんと甘えさせてあげなよ」

メリンダの提案に、ドリスは首をかしげた。

「ちょっと、動かないの」

「すみません。あの……甘えさせるとは、具体的に何を……？」

すると、鏡台の横でドリスの支度を眺《なが》めていたユーフェミアが近づいてきて、ドリスの耳元に口を寄せた。

ごにょごにょごにょ……とユーフェミアが言い終えると、ドリスは茹《ゆ》でた海老《えび》のように頬を赤く染めて顔を横に向けた。

「そそそ、そんなこと……命がいくつあっても足りません……っ！」

「あら。いずれは、することになりましてよ。今から慣れておいて損はありませんわ」

「無理です……！」

ドリスは髪を梳《と》かされていることも忘れ、首を横に振った。

「ちょっと、王女様。ドリスに何を吹き込んだの？　ウブな子なんだから、変なこと教えたら駄目だよ」

「あら、失礼」

ユーフェミアは、口元に手を添えて可愛らしく笑った。

「ちなみに、ユーフェミア様はすでに、そういうことをパーシバル様となさっているのですか？」

結婚を間近にひかえた二人なら自分よりずっと大人のはずだと思って、ドリスは参考までに問いかけた。

すると、それまで優美で可憐《かれん》な微笑みを浮かべていたユーフェミアの顔が、一瞬で赤く染まった。

「そ……っ、それは、極秘事項《ごくひじこう》ですわ！」

ユーフェミアは、突然《とつぜん》思い出したかのように「いけませんわ。そろそろ婚礼《こんれい》衣装の打ち合わせが始まる時間ですわ！」と口にした。

婚礼衣装の打ち合わせなら、午前中に終わったと聞いた気がするけれど。ドリスは、深く追及《ついきゅう》しないことにした。

「そ、それではわたくしはこれで。ごきげんよう！」

そう言い残して、ユーフェミアは逃げるように部屋を飛び出していった。

残されたドリスは、鏡に映る自分を見つめ、指先でそっと唇に触れた。

あの夜のキスの感覚がまだ残っている。一瞬触れられただけなのに、頭の芯《しん》までしびれてしまいそうに熱くて甘かった。

どんな顔をして会えばいいかわからなくて、ドリスは身支度《みじたく》を終えてからも一人悩《なや》んでいた。

日没《にちぼつ》後から開かれる夜会は、年若い王侯《おうこう》貴族に王太子の友人である伯爵《はくしゃく》令嬢をお披露《ひろ》目《め》するためのもの。

招待された紳士《しんし》淑女《しゅくじょ》の面々は、口にこそ出さないが事実上の王太子の婚約者が紹介《しょうかい》されるのだろうと理解していた。

これまで「未来の王太子妃《ひ》」を自称《じしょう》して幅《はば》を利《き》かせていた公爵令嬢ロベリアが、どの面《つら》下げて出席するかも、彼らにとっては見ものだった。

王侯貴族の面々の思惑《おもわく》など知るよしもないドリスは、石膏《せっこう》像のようにガチガチに緊張した状態で、部屋まで迎《むか》えに来てくれた正装姿のセレストと対面した。

「ご、ごきげんよう……セレスト様」

「あ、ああ」

　ドリスは顔を上げるが、目を合わせるのが恥ずかしくてうつむいてしまった。

　ユーフェミアの婚約披露《ひろう》パーティーの夜と同じ、母が贈《おく》ってくれたライラック色のドレスの裾をじっと見下ろす。

　セレストは、深い青色の上下を着ている様子だった。緊張しすぎて顔を上げられないため、ドリスの目にはセレストの膝から下しか映っていない。

（どうしよう……セレスト様の顔を直視できない。と、特に……唇のあたりが）

　あの夜触れた唇のやわらかな感触が脳裏によみがえる。

（何か……何か話題を）

　沈黙に耐えかねたドリスは、足元を見たまま視線を泳がせる。

「セレスト様。お仕事……お疲れ様です」

「ああ……ありがとう」

　一瞬で会話が終わった。

（どうしよう……もう話すことがないわ）

　恋愛講座を受けていた時は、あんなに会話が弾《はず》んでいたのに。

「……ロベリア嬢の処遇が決まった」

「え？」

ドリスは顔を上げた。

「こんな時にする話じゃないが、伝えておくべきだと思ったんだ」

「ロベリア様は、どうなるのですか？」

「西海の果てにある孤島《ことう》へ、流刑《るけい》に処されることになった。カーライル公爵家からは除籍《じょせき》される。これから護送されるはずだ」

美しく気高いロベリアが身分を剝奪《はくだつ》され、誰も知らない土地で死ぬまで一人きりで生きていく。

ドリスもこれまで人の目に触れずに暮らしてきたけれど、いつも誰かの愛情がそばにあった。

「そうなのですね……」

「彼女が自分で招いた結果だ」

ドリスの胸中を察したセレストは、厳しい口調で言った。

「はい……」

頭では理解できるが、ドリスの心はロベリアの身を案じてしまう。

「そろそろ時間だな。行こう」

セレストに手を引かれて、ドリスは部屋をあとにした。

夜会の会場は、先日の婚約披露パーティーと同じ広間だったが、参加する人数は少ないため、今夜はとても広く感じられた。

それに婚約披露パーティーの時は階上のバルコニー席から見守っていたので、ドリスが正式に広間へ入場するのはこれが初めてだった。

そこかしこで軽《かろ》やかな笑い声や話し声が響き合う。親世代の面々がいないこともあって、皆《みな》リラックスして楽しんでいる様子だった。

「ごきげんよう、王太子殿下」

「こちらが噂《うわさ》のご令嬢？　はじめまして」

セレストと親しい間柄《あいだがら》と思われる青年たちが、気さくな笑顔で話しかけてくる。

その中に、先日顔を合わせた魔法師団黒竜《こくりゅう》隊の面々もいた。

「ノルマン伯爵家の一人娘、ドリス嬢です」

「はじめまして。ドリス・ノルマンと申します。以後お見知りおきを」

ドレープをたっぷり取ったドレスの裾を美しくさばき、ドリスは優雅《ゆうが》にお辞儀《じぎ》をした。

「可愛らしいご令嬢ですね、殿下」

「ありがとう」

セレストは同性が相手でも優美な微笑みを絶やさない。彼に笑顔を向けられて不機嫌《ふきげん》になる人など、きっと存在しないだろう。言葉を交《か》わす人たちが皆笑顔になる。

男性たちの輪からドリスが離れると、可憐なドレスに身を包んだ令嬢たちが声をかけてきた。先日の身代わりのお茶会に出席していた面々で、ドリスは一方的に顔も名前も知っていたが、表向きは初対面なので「はじめまして」と挨拶《あいさつ》を交わした。

令嬢たちとの会話を楽しむドリスの耳にそこかしこから、ひそひそとささやき合う声が聞こえてきた。

「今夜は、ロベリア様の姿が見えないわね」

「なんでも、重罪を犯《おか》して追放されたそうよ」

「まあ、おそろしいこと……」

「カーライル公爵家も落ちたものですわね」

ロベリアへの憐《あわ》れみと嘲《あざけ》りの入り混じった冷たい声。

王宮は華《はな》やかで美しいだけの場所ではないのだと思い知る。

ドリスは、ざわつく心を落ち着かせたくて、無意識にセレストの姿を探した。

離れたところで、同年代の青年たちとなごやかに歓談《かんだん》しているセレストを見つけた。

安堵《あんど》の息をついたその時、セレストの背後に誰かいるのが見えた。

女の人。長い銀髪の――

(どうしてここに……?)

ドリスは目を見開き、息をのんだ。

次の瞬間、セレストが後ろを振り返る。

「ロベリア嬢……っ⁉」

すでに王宮から追放されているはずのロベリアが両手を伸ばし、セレストの首を乱暴につかんだ。

「………っ！」

苦痛に顔をゆがめるセレストのそばで、貴族たちが悲鳴をあげた。

ロベリアの美しく長い銀髪こそは以前の様相を保っていたけれど、顔色は生気のない土気色で唇は青紫色《あおむらさきいろ》、身にまとっている衣服は粗末《そまつ》な麻《あさ》のドレスだった。

高貴な公爵令嬢の面影《おもかげ》は、どこにもなかった。

「どうしても私《わたくし》のものにならないのなら、今ここであなたの命ごと、私に捧《ささ》げなさい！」

ロベリアは恐ろしい形相で、セレストの首を強く絞《し》める。

「セレスト様！」

声をあげるドリスの手の中に、熱い光のようなものが灯《とも》った。

(これは……魔力？)

魔力凍結の呪いが解けたことで、今のドリスは自在に魔法が扱《あつか》えるはず。

けれど、幼い頃に使っていた魔法はせいぜい植物の成長を促進《そくしん》させる程度のもの。

誰かと戦ったり、護《まも》ったりするための魔法は使ったことがない。

（でも、やらなくちゃ）

ほかの令嬢たちはロベリアの恐ろしさに逃げ惑《まど》い、青年貴族たちは女性相手に手をあげられずに戸惑《とまど》っている。

セレストは、襲《おそ》いかかるロベリアを押さえるのに精一杯《せいいっぱい》の様子だった。

ドリスは、これまで何冊も読んできた魔術《まじゅつ》書の知識を頭の中で反芻《はんすう》する。

（ロベリア様を傷つけない魔法……遠隔《えんかく》の催眠魔法なら……！）

ドリスは呼吸をととのえ、右手を開いて掲《かか》げた。

ほんの一瞬でも、ロベリアの意識をそらすことができたら……。

そう願って、ドリスは持てる魔力のすべてをロベリアめがけて放出した。

ドオオオオオオン……！

地鳴りのような音が広間に響き渡り、足元が揺れた。

「…………え？」

ドリスの放った魔力は、ロベリアの背後をかすめて広間の壁を突き破《やぶ》った。

セレストも、ロベリアも、ほかの貴族たちも、その場にいた全員が言葉を失った。

「あ……あの」

　ドリスが茫然と立《た》ち尽《つ》くしているところへ、魔法師団の面々が広間へ駆け込んできた。

「殿下、申しわけありません！　囚人《しゅうじん》が逃走《とうそう》しまして……！」

「すぐに連行いたします……って、何があったんですか、あの穴……？」

　ロベリアの身柄を拘束した魔法使いたちは、夜風の吹き込む巨大《きょだい》な穴に驚きながらも、足早に広間をあとにした。ロベリアはドリスの放った魔法によほど驚いたのか、おとなしく連行された。

「ドリス！」

「セレスト様……大丈夫ですか⁉」

「あ、ああ。お前、今の魔法は……？」

　セレストはドリスの手を取って、手のひらをじっと見つめた。

「ロベリア様に眠《ねむ》ってもらおうかと、催眠魔法を使ったつもりだったんですが……あの、間違えました」

「間違えすぎだろ……それに、お前の魔力量はどうなってるんだ？　山でも壊《こわ》す気か？」

　ほんの少し角度がずれていたら、ロベリアが永遠に眠ってしまうところだった。ドリスは、自分のしでかしたことの恐ろしさに身震《みぶる》いした。

「す、すみません……」

「謝らなくていい。無事でよかった……」

セレストは苦笑を浮かべながら、ドリスの肩を強く抱き寄せた。

「またお前に助けられたな……ありがとう」

ドリス・ノルマンの鮮烈《せんれつ》な社交界デビューの話題は、瞬《また》く間《ま》に王宮じゅうに広がった。

王太子の見初《みそ》めた令嬢は、とてつもない潜在《せんざい》能力の持ち主であると。


季節はめぐり、夏のあざやかな色合いの花が咲《さ》きはじめる頃、パーシバルとユーフェミアの婚礼の日がやってきた。

「ああああああ……ユーフェミア様、今日は一段とお綺麗です。花婿《はなむこ》様よりも先にわたしがこのお姿を目にできるなんて、女に生まれてよかった……！」

ドリスは鼻血が出そうになるのを必死にこらえて、純白の花嫁《はなよめ》衣装をまとったユーフェミアの姿を目に焼きつけた。

「殿方《とのがた》は、お式が始まるまでお預けですわ。今は、あなただけのユーフェミアになって差し上げてよ。とくとご覧なさい」

「ありがたき幸せです……！」

ドリスは映像記録用の水晶を構えて、三百六十度全方向からユーフェミアの姿を収めるが、どれだけ記録しても足りないのが悩みどころである。

この日、ドリスが身に着けているのは、夏用の軽い布地で仕立てられた空色のドレスだった。ユーフェミアとセレストの瞳と同じ色である。

「本当に、どの角度から見てもお可愛らしいです……。わたし、ユーフェミア様の花嫁姿を一番に拝見するために呪われたと言っても過言ではありません……！」

「相変わらず、おかしな人ですわね」

ユーフェミアは、化粧《けしょう》が崩れないようにひかえめに微笑んだ。

「ねえ、ドリス」

白い手袋《てぶくろ》に包まれたユーフェミアの華奢な手が、ドリスの手を握った。

「つらいこともたくさんあったでしょうに、呪いを解くためにがんばってくださって、本当にありがとう」

「そ、そんな……滅相《めっそう》もありません。ユーフェミア様は、巻《ま》き添《ぞ》えで呪われたようなものですし」

「でも、そもそもあなたは、お兄様をかばって呪われたじゃありませんの」

「あ……そういえば」

ユーフェミアの呪いを解くことばかり考えていて、すっかり忘れていた。

「お兄様の分も、お礼を言わせてください。ありがとう」

「ユーフェミア様……」

ドリスの胸《むね》の奥から熱いものがこみあげてきて、目尻《めじり》に涙が浮かんだ。

「わたくしは、あなたとお友達に……いいえ、腹心の友となるために呪いをかけられたのかもしれませんわ」

「なんてもったいないお言葉……！」

ドリスが天井《てんじょう》を仰《あお》ぐと、ユーフェミアは拗《す》ねたように口を尖《とが》らせた。

「そういうのは、もう卒業ですわ。今日から、わたくしのことはユフィとお呼びなさい」

「えええええ!?」

「いやですの？」

絶妙《ぜつみょう》な角度で可愛らしく見上げられ、ドリスは興奮で倒《たお》れそうになる。

「い、いやだなんてとんでもないです！　え、ええと……」

ドリスは小柄《こがら》なユーフェミアを見下ろすかたちで、おずおずと口を開いた。

「ユ……ユフィ様」

「はい、ドリス」

ユーフェミアは、満足げに微笑んだ。

ドリスはユーフェミアの手を握り返して、もう一度呼びかけた。

「ユフィ様。ご結婚、おめでとうございます」

「ありがとう」

　天候に恵《めぐ》まれた昼下がり、婚礼の儀《ぎ》は無事に始められた。

　聖堂で花嫁の入場を待っていた正装姿のパーシバルは、純白の衣装に包まれたユーフェミアの姿を目にするなり、涙を流した。

　いつも穏《おだ》やかな笑顔を絶やさないパーシバルの泣き顔を、ドリスは初めて目にした。

　誓《ちか》いの言葉を交わし、互いに指輪《ゆびわ》をはめる。

　そして二人は向き合い、パーシバルはユーフェミアの顔を覆《おお》う白いベールをめくった。

　永遠を誓うキスが交わされた瞬間、祝福の拍手《はくしゅ》が起こった。

　ドリスは、隣《となり》にいるセレストの横顔をそっと覗き込んだ。

　花嫁の兄は涙をこらえて唇を震わせていた。

　婚礼の儀を終え、出席者たちが歓談するために一同は聖堂に面した庭園へと移動した。

「パーシバル様。このたびはおめでとうございます」

「ありがとう、ドリス」

　出席者への挨拶を一通り終えたパーシバルが、ドリスに声をかけに来てくれた。

「ユフィ様、本当にお綺麗でしたね」

「ドリスもそう思った？　もう……式の途中《とちゅう》でユフィを抱きしめたくなって、我慢するのが大変だったよ」

「わかります……！」

パーシバルの言葉に、ドリスは力強くうなずいた。

「ドリスには悪いけど、今日からユフィは正式にぼくだけのものだよ」

式の時に見せた涙はどこへ消えたのか、パーシバルは飄々《ひょうひょう》とした微笑みを浮かべた。

「わ、わたしだって、ユフィ様から『腹心の友』という唯一無二《ゆいいつむに》の称号《しょうごう》をいただきました！」

ドリスは負けじと、パーシバルを見上げて言った。

次の瞬間、二人はおかしくなってどちらからともなく笑い出した。

「ぼくたち、どうして張り合ってるんだろうね？」

「本当ですね」

ひとしきり笑ってから、ドリスは背筋を伸ばして顔を上げた。

「パーシバル様。どうか、末永くお幸せに」

「ありがとう。ドリスも、いつかセレストと幸せになってね」

「えっ？」

ドリスは、頬を赤く染めて目をぱちくりさせた。

「将来は、ぼくはドリスのことを『義姉《ねえ》さん』って呼ぶのかな？」

「えっ、あの、そんな……!?」

「ちょっと気が早かったかな？」

うろたえるドリスの姿をおもしろがるように、パーシバルは眼鏡の奥の穏やかな双眸《そうぼう》を細めて笑った。

「か、からかわないでください……！」

ドリスの訴《うった》えは、夏の軽やかな風にさらわれるように消えた。


庭園の隅で、皆が歓談する光景を眺めるドリスのそばへ、セレストがやってきた。

「疲れていないか？」

「はい。とても楽しいです。遠くからユフィ様のお姿を見つめているだけで、わたしの心は満たされます……！」

ドリスは、うっとりとため息をついた。

「そうじゃなくて。こんな昼間に長時間、外で過ごすことなんてないだろう？　以前のお前なら、外に出るのも嫌《いや》がっていた」

「あ……」

カーテンを閉め切った暗い部屋、クローゼットの中、テーブルの下。

日の当たらないところで、じっと膝を抱えていた頃を思い出してドリスは目を見開いた。

「そうでしたね……。あの頃のわたしは、魔力が暴発することを恐れて生きていました」

ドリスは緑のまぶしさに目を細めて、笑い合う人々の姿を心に刻んでいく。

「あのままひきこもっていたら、こんな素敵な景色は見られなかったと思います」

最初の一歩を踏み出せたのは、セレストがそばにいてくれたから。

「セレスト様。ずっと……十年もの間、わたしを見守って……気にかけてくださって、ありがとうございました」

「礼なんかいい。好きな相手を幸せにしたいと思うのは、当然だろ」

あらためて言葉にされると恥ずかしい。ドリスは頬を赤らめた。

「もしも、お前がこれから先、またおかしな魔女に呪われて、ひきこもりに戻ったとしても、俺は何度だってお前を外に連れ出すからな」

「わ、わたしも、セレスト様が呪われそうになったら何度だって守ります！」

「それは嫌だ」

「え……？」

ドリスのような魔法使い見習い以下のポンコツでは、力不足ということだろうか。

夜会の時は思いがけず強力な魔法が使えたけれど、あれ以来、なんの魔法も使えていない。

「やっぱり、わたしでは頼りないですか？」

「そうじゃない」

セレストはドリスの腰に手を回して、ぐっと抱き寄せた。

「俺が、お前を守りたいんだ」

「セレスト様……」

熱い吐息がドリスの耳元をくすぐる。

「あの時、お前に呪いを背負わせたのに……ひどいことを言った。ごめん」

ドリスは、セレストの腕の中で首を横に振った。

「それから、助けてくれてありがとう」

「どういたしまして……」

セレストが十年も抱えてきた思いが伝わってきて、ドリスは胸の奥が熱くなった。

「ドリス」

呼ばれて、ドリスは顔を上げた。

唇をついばむような、触れるだけのキス。

「もう二度と、誰にもお前を傷つけさせない」

「セレ……」

ドリスが名前を呼ぼうと開きかけた唇を、セレストの唇が塞《ふさ》いだ。
伝えようとした言葉はキスに飲み込まれて、甘い熱に溶《と》かされて消えた。

エピローグ　あの日の花束をもう一度

婚礼《こんれい》の儀《ぎ》を終えたパーシバルとユーフェミアは、数日後に新婚《しんこん》旅行へと出発した。

三か月ほどかけて近隣《きんりん》諸国を周遊し、帰国後は城下にあるパーシバルの実家——アンブラー侯爵《こうしゃく》家に身を落ち着ける予定となっている。

「ユフィ様にもうお会いできないなんて……。わたしはこの先、何を目的に生きたらいいのでしょう……?」

庭園の小道をとぼとぼと歩きながら、ドリスはどんよりと肩《かた》を落とした。

「城下はすぐそこだろ。会いたくなったらいつでも連れていってやるから」

魔力凍結《まりょくとうけつ》の呪《のろ》いから解き放たれたドリスは現在、魔法師団《まほうしだん》の詰《つ》め所《しょ》である塔《とう》へ通って幹部や中堅《ちゅうけん》の魔法使いたちから座学と実践《じっせん》の講義を受けている。

ゆくゆくは魔法師団の一員として働きたいと考えているが、十年間も魔法が使えない生活を送っていたため、初歩的な勘《かん》を取《と》り戻《もど》すのに時間がかかりそうである。

内に秘めた魔力量は常人をはるかに超《こ》えるものらしいが、使いこなせなければただのポンコツ。日々精進《しょうじん》するしかない。

「そうだ。お前に聞きたいことがあったんだ」

「なんでしょう？」

セレストは懐《ふところ》から淡《あわ》い水色のハンカチを取り出した。以前、ドリスが刺繍《ししゅう》をして贈《おく》ったものだった。白い糸で描《えが》いた三本のバラの花。

「これの花言葉、知ってるか？」

「さあ……？　植物は好きですが、花言葉には疎《うと》くて」

「愛している」

「えっ⁉」

唐突《とうとつ》に告げられて、ドリスは驚《おどろ》いて声をあげた。

次の瞬間《しゅんかん》、セレストの手の中に本物の白いバラの花が三本現れた。茎《くき》は藍色《あいいろ》のリボンで結ばれている。ドリスの瞳《ひとみ》と同じ色。

「白いバラの花言葉。三本は『愛している』って意味だ」

「わ、わたし、全然知らなくて……セレスト様の好きな色とお花を刺《さ》しただけです……！」

みるみるうちにドリスの顔が耳まで真っ赤に染まる。

「ふーん。てっきり知ってて、遠回しに愛の告白でもしてきたのかと思った」

「ええ……？」

「ずいぶんと積極的だなって思ったぞ」

セレストはハンカチを唇《くちびる》に当て、にやりと笑った。

「ち、違《ちが》うんです、本当に知らなかったんです……！」

まさか、あの時すでに間接的に告白していたなんて。

ドリスは恥《は》ずかしさのあまり、両手で顔を覆《おお》い隠《かく》した。

「こら、隠れきれてないぞ」

セレストの唇が、ドリスのこめかみに触《ふ》れた。

「ひゃっ！」

魔力凍結の呪いが解けて以来、なんだかセレストのスキンシップが濃厚《のうこう》になってきた気がする。

「そういう意地悪は心臓に悪いです……」

「お前が顔を隠すからだ。こっちを見ろ」

「い、今はちょっと無理です……！」

「お前の『大切なセレスト様』のお願いが聞けないのか？」

「ううう……それは反則です」

ドリスは顔を隠す指の隙間《すきま》から、セレストの顔を覗《のぞ》き見た。

真っ白なバラの花束を持って、セレストが真剣《しんけん》なまなざしでこちらを見つめていた。

「ドリス」

真摯《しんし》な声音《こわね》で呼びかけられ、ドリスは顔を隠していた手を下ろした。

甘い香りを放つ、三本の白いバラ。

「受け取ってくれるか？　あの日……お前が呪われた日に渡《わた》しそびれた分も」

泥酔《でいすい》した通りすがりの魔女《まじょ》に踏《ふ》みつぶされてしまった、バラの花束。

ドリスは、おずおずと手を伸《の》ばし、差し出された花束を受け取った。

「ありがとうございます……」

ドリスの脳裏《のうり》に、幼い日のセレストの姿が浮《う》かんだ。

とても緊張《きんちょう》した面持《おもも》ちで、何かを後ろ手に隠した様子だった。

「あの日……セレスト様は、わたしに何を言おうとしていたんですか？」

セレストが伝えようとした言葉は、魔女の襲来《しゅうらい》に阻《はば》まれた。

「今と同じだ。俺の気持ちを伝えるつもりだった」

「そうだったんですね……」

ドリスは、バラの花束がつぶれてしまわないように、そっと胸に抱《だ》いた。

「あの日、言えなかったことを俺は十年も後悔《こうかい》し続けた。でも、もう終わりだ」

ドリスが胸に花束を抱くように、セレストもドリスの身体《からだ》を優《やさ》しく胸に抱き寄せた。

「もう、絶対に離《はな》さない」

「はい……」

セレストの腕《うで》の中で、ドリスはうなずいた。

「あの、セレスト様」

「ん？」

ドリスの髪《かみ》をなでながら、セレストが問い返す。

「恋愛《れんあい》講座……わたし、卒業すると言いましたが、やっぱりもうしばらく続けていただけませんか？」

「もちろん、かまわないが……どうかしたのか？」

セレストの胸に頬《ほお》を押しつけた状態で、彼の心臓の音を聞きながら、ドリスは夢見心地《ゆめみごこち》で答えた。

「『好き』のその先を……セレスト様に教えてほしいんです」

「………」

返事がなかったので、ドリスは身じろいで顔を上げた。

「駄目《だめ》ですか？」

「いや、駄目じゃない」

そう言うセレストの顔は、夕焼けのように赤く染まっていた。

「お前には、教えることが山ほどある」

セレストの腕の中に閉じ込められているドリスは、きょとんと目を見開いて次の言葉を待つ。

「途中《とちゅう》で嫌《いや》だと言っても、もう二度と逃《に》がさないからな」

次の瞬間、セレストの唇がドリスの呼吸を塞《ふさ》いだ。

初めての深い口づけに、ドリスは身を震《ふる》わせる。

苦しさと愛《いと》おしさで浮かんできた涙《なみだ》を、セレストの指先がそっと拭《ぬぐ》った。

頭上を旋回《せんかい》する小鳥だけが、口づけを交《か》わす二人の姿を見守っていた。

おわり

あとがき

はじめまして、こんにちは。高見雛《たかみひな》と申します。

このたびは『恋愛《れんあい》レベル0《ゼロ》の令嬢《れいじょう》なのに、キスを求められて詰《つ》んでます』をお手に取ってくださり、まことにありがとうございます。

タイトルがとても長いので、お好みの略称《りゃくしょう》でお呼びいただけたらと思います。ちなみに私と担当様は『0《ゼロ》キス』と呼んでおります。

本作は、第三回ビーズログ小説大賞で入選をいただいた『黒鳥姫《こくちょうひめ》は箱庭から出たくない』という作品を改題・改稿《かいこう》したものです。カクヨム版をご覧くださった方は、タイトルの変わりように驚《おどろ》かれたかもしれませんが、「ひきこもりネガティブ令嬢と初恋《はつこい》こじらせツンデレ王太子が両想《おも》いになるまで」という主軸《しゅじく》は変わっておりませんので、安心してお読みいただけるかと思います。

このお話を書こうと思ったきっかけは、幼稚園《ようちえん》の頃《ころ》に読んだ絵本『白鳥の湖』に登場する魔王《まおう》の娘《むすめ》・オディールです。子ども心に「この人は、いつどこで幸せになれるんだろう？」と引っかかっていたのを大人になってから思い出し、「悪役的なダークヒロインの物語を書きたい」と構想を練り始めました。今で言う悪役令嬢に近いものかと思われます。長い時間をかけて設定を何度も練り直した末に、黒ずくめのひきこもりネガティブ令嬢（天然）が生まれました。余談ですが、サブヒロインのユーフェミアが夜だけ人間の姿に戻《もど》れる設定は、『白鳥の湖』の影響《えいきょう》です。

改稿をする際、「キスで呪いを解く」という主題を残しつつ、プロットとキャラ設定を練り直してほぼ新しい話を書き起こしたのですが、まず私が担当様に提案したのは「パーシバルを長髪にしてオプションで眼鏡を付けたい」でした。最優先事項でした。私欲にまみれた提案に「いいと思います！」と即答してくださった担当様は、天使かなと思いました。

カクヨム版では、セレストの見せ場となるシーンがほとんどなかったので、今回の執筆では書きたいものを存分に詰め込みました。お楽しみいただけたら幸いです。

以下、謝辞です。

本作を改稿するにあたりご指導くださった担当様、本当にありがとうございました。打ち合わせのたびに私の性癖《せいへき》を暴かれている気がして、「引かれたらどうしよう」とドキドキしておりました（笑）。細やかな優《やさ》しさと明るさに、いつも元気をいただいています。

イラストを担当してくださった凪《なぎ》かすみ先生。キャララフを拝見した瞬間《しゅんかん》、感激のあまり言葉を失いました。私の頭の中のドリスとセレストがイメージそのままに生き生きと描《えが》かれていて、感無量です。ありがとうございました。

そして、ビーズログ文庫編集部の皆様《みなさま》をはじめ、本書の刊行に携《たずさ》わってくださったすべての方々へ、この場を借りて心より御礼《おれい》を申し上げます。

最後に、ここまで読んでくださった皆様へ。ありがとうございました。日々の疲《つか》れを癒《いや》すお手伝いができましたら、物書きとしてこれ以上の喜びはありません。

またいつか、物語の世界でお会いできることを願っております。

高見　雛

本書は、二〇二〇年にカクヨムで実施《じっし》された「第三回ビーズログ小説大賞」で入選した「黒鳥姫は箱庭から出たくない」を加筆修正したものです。

■ご意見、ご感想をお寄せください。
《ファンレターの宛先》
〒102-8177 東京都千代田区富士見2-13-3
株式会社KADOKAWA ビーズログ文庫編集部
高見 雛 先生・凪かすみ 先生

ビーズログ文庫

●お問い合わせ
https://www.kadokawa.co.jp/（「お問い合わせ」へお進みください）
※内容によっては、お答えできない場合があります。
※サポートは日本国内のみとさせていただきます。
※Japanese text only

恋愛《れんあい》レベル0《ゼロ》の令嬢《れいじょう》なのに、キスを求《もと》められて詰《つ》んでます

高見《たかみ》 雛《ひな》

2021年11月15日 初版発行

発行者　青柳昌行
発行　株式会社 KADOKAWA
〒102-8177 東京都千代田区富士見2-13-3
（ナビダイヤル）0570-002-301
デザイン　みぞぐちまいこ（cob design）
印刷所　凸版印刷株式会社
製本所　凸版印刷株式会社

ISBN978-4-04-736804-0 C0193

定価はカバーに表示してあります。
◇◇◇